그 소설은
정말
거기
있었을까

_____

일러두기
단편, 시나리오는 「 」로 장편, 단행본, 잡지는 『 』, 곡명, 프로그램명은 〈 〉으로
표기했다.

정명섭·이가희·김효찬 지음

그 소설은
정말
거기
있었을까

교과서 문학으로 떠나는
스토리 기행

초록비책공방

교과서 문학에 관하여

　학창 시절 교과서는 내 어깨를 무겁게 하는 주범이자 학생이라는 어정쩡한 신분을 상징하는 것이었습니다. 그래서 책을 좋아했지만 교과서는 좋아하지 못했죠. 하지만 시간이 흘러 교과서가 나에게 얼마나 중요한 존재인지 깨닫게 되었습니다. 내삶에 있어서 큰 영향을 미쳤고 내가 살아가야 하는 길을 알려주는 이정표였다는 것을 말이죠. 특히 국어 교과서에 있던 문학작품은 저에게는 상상의 나래를 펼쳐주는 존재였습니다. 시간이 흘러 역사와 관련된 글을 쓰면서 아쉽게 생각했던 지점도 바로 그 부분이었습니다. 문학은 글이지만 공간이기도 합니다. 그 공간을 직접 만나보고 걷게 된다면 문학을 더 사랑하고 이해하게 될 것이라 믿어 의심치 않습니다. 그래서 교과서에 나오는 문학의 길을 걷는 책을 준비했습니다. 가장 중요했던 문제는 과연 어떤 문학작품을 선정할지에 대한 고민이었습니다. 교과서에는 많은 문학작품들이 실려 있고 다들 중요한 의미를 지니고 있기 때문이죠. 그래서 출판사 대표와 편집자, 공저자들이 머리를 맞대고 고민에 빠졌습니다. 각자 좋아하는 작품부터 많이 실린 작품들까지 다양한 작품들을 놓고 비교하고 토론했습니다. 지금 이 시대에 가장 울림이 크고 메시지를 잘 전달해줄 작품들을 고르기 위해 정말 많은 얘기를 나눴습니다.

박완서 작가의 『나목』과 『그 많던 싱아는 누가 다 먹었을까』는 가장 먼저 선택된 작품입니다. 박완서라는 존재감과 함께 교과서에서 꾸준히 사랑을 받았기 때문입니다. 둘 다 자전적인 작품이라는 공통점이 있는데 『그 많던 싱아는 누가 다 먹었을까』가 어린 학창 시절을 다뤘다면, 『나목』은 성장한 이후 직장에 다니던 시기를 다루고 있습니다. 따라서 두 작품은 어떻게 보면 연작이나 다름없죠. 황해도 개풍에서 태어난 박완서 작가는 어린 시절 서울로 이사를 오게 됩니다. 모든 것이 낯선 서울은 박완서 작가의 삶에 커다란 변화를 안겨주었습니다. 이것이 훗날 그녀가 문학의 길을 걷게 된 계기가 아니었을까 답사를 하면서 생각해봤습니다. 그녀가 학교를 중퇴한 후에 취직한 미군 PX는 지금의 신세계백화점 본점입니다. 일제강점기에는 미쓰코시백화점이었던 곳으로 우리의 아픈 근대사를 상징하는 장소이기도 합니다. 그곳에서 일을 하던 박완서 작가는 박수근 화백을 만나게 되고 그 기억을 바탕으로 『나목』을 쓰게 되었습니다. 박완서 작가의 하숙집에서부터 신세계백화점 본점까지 걸으면서 어떤 심경이었을지 추측해봤습니다. 마침 제가 다니던 첫 번째 직장도 근처라서 감회가 새로웠습니다.

　황석영 작가의 『개밥바라기별』 역시 자전적인 소설에 가깝습니다. 젊은 시절의 방황을 그린 작품은 혼돈을 겪는 사춘기 학생들에게 많은 울림을 줄 것이라 믿습니다. 김중미 작가의 『괭이부리말 아이들』은 인천에 실제로 존재하는 곳을 배경으로 하고 있습니다. 가난하고 어려운 시절을 웃음으로 넘기는 모습을 담고 있습니다. 배경이 되는 곳인 만석동을 실제로 걸으면서 그 시절의 아이들과 어른들이 겪었던 상황들을 떠올려봤습니다. 조세희 작가가 쓴 『난장이가 쏘아 올린 작은 공』은 『괭이부리말 아이들』처럼 가난을 다루고 있지만 전혀 다른 느낌을 주는 이야기입니다. 가난이 삶을 얼마나 파괴하는지를 여실히 보여주고 있죠. 김승옥 작가의 작품도 많이 선정되었습니다. 「역사」와 「서울, 1964년 겨울」은 안개같이 출구를 찾을 수 없었던 1960년대를 상징하는 작품입니다. 윤흥길 작가가 쓴 「아홉 켤레의 구두로 남은 사내」는 우리에게는 생소한 광주대단지항쟁을 다루고 있습니다. 가난하다는 이유로 삶의 존엄성이 짓밟힐 때 사람들이 어떻게 저항하는지를 상징적으로 보여주는 작품이라 답사를 해보기로 했습니다. 양귀자 작가의 『원미동 사람들』 역시 교과서에 수록된 작품입니다. 원미동이라는 실제 존재하는 공간에서 어디선가 본 것 같은 사람들의 다양한 모습은 삶을 이해하는 데 큰 도움이 될 것입니다. 좋아하는 작품들이지만 직접 걸어보면서 더 애정이 깊어졌습니다. 여러분도 한 번 문학의 길을 걸어보면서 작품에 대한 애정을 가져보았으면 하는 마음입니다.

차 례

죽음과 부활

『나목』
---
by 박완서

❧ 작품 소개 ❧

한국전쟁이 터진 이듬해, 주인공 이경은 미군 PX 초상화부에서 일한다. 미군들을 상대로 초상화를 주문받아 파는 일을 그녀는 일명 삐끼에 비유했다. 어느 날 초상화부에 옥희도라는 화가가 한 명 들어온다. 선량하고 수심이 깊은 눈을 가진 그는 이곳 화가들과는 사뭇 분위기가 달랐다. 이경은 어느 틈엔가 그를 흠모하게 된다. 이경은 전쟁통에 오빠를 잃은 것이 다 자기 탓이라는 죄책감에 사로잡혀 괴로워한다. 가족을 먹여 살리기 위해 초상화부에 취직한 옥희도 또한 한없이 권태로운 일상에 절망감과 공허함을 느끼기는 마찬가지였다. 그런 그에게 이경은 잠시나마 삶의 생기를 불어넣어주는 존재였다. 둘은 서로를 필요로 했지만 관계는 오래가지 못한다. 시간이 훌쩍 지나 태수라는 남자와 결혼한 이경은 우연히 옥희도 작가의 유작전이 열린다는 소식을 듣고 전시장을 찾는다. 그곳에 전시되어 있는 그림은 전에도 봤던 고목 그림이었다. 하지만 자세히 보니 그것은 고목이 아니라 봄이 되면 싹을 틔우는 나목이었다. 이 작품은 박완서 작가가 실제 미군 PX에서 박수근 화백과 일한 일화를 다룬 자전적인 소설이자 첫 장편소설로 주목을 받았다.

미쓰코시에서 신세계까지

신세계백화점의 인터넷 홈페이지를 보면 사업 분야란에 다음과 같이 적혀 있다.

"1930년 대한민국 최초의 백화점인 신세계백화점은 본점을 모태로 한국 유통사에 빛을 밝혔습니다."

여기서 얘기하는 신세계 본점은 소공로에 있는 본관을 뜻한 다. 현재는 명품관처럼 운영되고 있다. 하지만 이 문구는 정확하 지 않다. 일단 1930년에 대한민국은 중국 상해에 임시정부 형태 로 존재했다. 최초의 백화점이라는 표현 역시 국가기록원의 인정을 받았다고 해도 논란의 여지가 있다. 무엇보다 모르는 사람이 보면 신세계백화점이 1930년대에 생긴 것으로 오해하기 쉽다. 정확하게 얘기하자면 1930년 10월에 문을 연 건 미쓰코시 경성점이다. 신세계가 이 건물을 인수해서 백화점을 연 것은 1963년이다. 바로 인수한 것도 아니다. 동화백화점이었던 시절과 미군 PX로 운영되던 시절도 존재했다. 따라서 위의 문구는 아래와 같이 수정되어야 한다.

"1930년 국내 최초로 문을 연 미쓰코시백화점을 인수한 신세계백화점은 한국 유통사에 빛을 밝혔습니다."

그리고 다음과 같은 대목을 추가하고 싶다.

"이곳은 한국전쟁 직후 미군 PX로 사용되었으며 박완서 작가가 근무하면서『나목』이란 작품을 구상했습니다."

세계 최초의 백화점이라고 일컬어지는 프랑스의 봉마르셰가 문을 연 지 약 80년 후 경성에도 백화점이 들어선다. 일본인들이 모여 살던 진고개의 입구 격인 경성우체국과 조선은행이 있는 광장 한쪽에 미쓰코시 경성점이 문을 연 것이다. 백화점은 원래 있던 경성부청사가 지금의 서울도서관 자리로 옮기면서 남은 자리에 들어섰다. 처음에는 일본인을 위한 작은 출장소였지만 식민지 체제가 자리를 잡으면서 고객이 늘자 정식 백화점으로 승격되었다. 몇 년 후 지금의 종로타워 자리에 조선 자본을 상징하는 화신백화점이 들어서고 롯데백화점 영플라자 자리에 조선인들이 정자옥이라고 부르던 조지야양복점이 서서히 백화점으로 탈바꿈해가고 있었다.

미쓰코시 경성점은 1929년에 정식 지점으로 결정되었으며 백화점 간판을 단 건물은 다음 해인 1930년에 완공되었다. 첫 삽을 뜬 것이 1927년이었으니 사실상 이때 백화점을 열 생각이었다고 보는 게 맞다. 4층 높이로 지어진 백화점은 경성의 일본인들이라면 누구나 드나들기를 꿈꾸는 장소가 되었다. 당시 조선에서 일하는 일본인 관리들과 회사원들은 타지에서 일한다는 이유로 본국에서 일할 때보다 더 많은 월급을 받았다. 이들에게 여유가 생기자 이들의 주머니를 노리고 백화점이 우후죽순처럼 생겨난 것이다.

당연한 얘기지만 이런 백화점을 드나들 수 있는 재력을 갖춘 조선인은 극소수였다. 대부분의 조선인은 삼월백화점이라고 부르는 화려한 미쓰코시백화점을 먼발치에서 구경할 수밖에 없었다. 대리석으로 만든 매끈한 외관에 당시로서는 고층이라고 할 수 있는 4층이라는 높이는 사람들에게 깊은 인상을 남겼다.

『나목』을 이해하기 위한 여행의 시작점을 옛 미쓰코시, 현재의 신세계백화점 본점 입구로 잡은 까닭은 박완서 작가가 실제로 이곳에서 근무했다는 점이 흥미로웠기 때문이다. 다른 일행

정문 테라스 아래 공간의 장식들

보다 먼저 도착해서 시간이 좀 남은 터라 입구 주변을 살펴봤다. 신세계백화점에서 인수하여 한 층 더 높인 것 정도를 제외하면 외관은 거의 변하지 않았다. 이리저리 살펴보다가 무심코 고개를 들어 테라스처럼 튀어나온 공간을 보게 되었다. 꽃망울 모양의 장식과 받침대가 섬세하게 조각되어 있는 공간이다. 나처럼 호기심이 넘치는 사람이 아니면 발견하기 어려운 곳에조차 정교한 조각으로 장식되어 있는 것이 인상적이다. 이 받침대와 꽃망울 모양의 조각들은 아마 1930년부터 존재했을 것이다. 이런 게 어쩌면 신세계백화점이 얘기해야 할 진짜 역사일지 모르겠다.

박완서 작가가 이곳에서 근무했던 시절에는 신세계백화점도 미쓰코시백화점도 아니었다. 한국전쟁 기간 중에 미군 PX로 사용되던 시기였다. 광복 이후 미쓰코시백화점은 여러 번 주인이 바뀐다. 광복 직후에는 김계조라는 관리인이 동화백화점이라는 간판을 달고 영업을 시작했다. 하지만 미군이 이두철이라는 관리인을 내세우면서 관리자가 변경되었다. 1949년 혼란이 어느 정도 가신 후에는 다시 강일매라는 사람이 관리인이 된다. 하지만 1년 후 한국전쟁이 터지면서 동화백화점은 미군들이 이용하는 상점, 즉 PX로 이용된다. 바로 이때 박완서가 이곳에 근무한다. 전쟁이 터지고 나서도 피난을 떠나지 않았던 그녀는 오빠가 전쟁에 휩쓸려 세상을 떠나면서 가장 노릇을 해야만 했다. 전쟁으로 서울은 크게 파괴되었고 젊은 여성이 일할 자리는 많지 않았지만 그녀는 운 좋게도 동화백화점이었던 미군 PX 초상화부에서 일하게 된다.

당시 미군들은 고국으로 돌아갈 때 기념품으로 애인이나 가족을 그린 초상화를 가져가길 원했다. 미국이라면 제법 돈을 주어야 했겠지만 가난한 나라 한국에서는 아주 싼값에 초상화를 그릴 수 있었다. 그런 미군들의 수요를 맞추기 위해 초상화부가 들어선 것이다.

그녀는 자신의 역할을 일종의 삐끼로 비유했다. 그리고 그곳에는 박수근 화백이 일을 하고 있었다.

고목과 나목

1914년 강원도 양구에서 태어난 박수근은 어릴 때부터 천재적인 그림 솜씨를 자랑하며 독학으로 열여덟 살의 나이에 조선미술전람회에 입선했다. 하지만 어려운 가정환경으로 제대로 그림을 그리지 못했다. 광복 이후에는 독실한 기독교 신자였던 탓에 고향인 공산치하의 이북에서 요시찰 인물로 감시를 받았다. 결국 견디다 못한 그는 가족을 남겨두고 홀로 남하한다. 어렵사리 서울에 자리를 잡고 나서야 아이들을 데리고 내려온 부인과 만나게 된다. 하지만 전쟁이 터지면서 생계가 막막해졌다.

박수근은 가족들을 먹여 살리기 위해 박완서가 일하던 미군 PX 초상화부에 들어간다. 자존심 강한 예술가에게는 견디기 어려운 자리였을지 모르지만 생계를 이을 자리였다. 박완서는 그곳에서 세상의 고통을 온몸으로 견뎌내는 박수근을 만나고 깊은 인상을 받는다.

박수근이 떠나고 박완서 역시 결혼하면서 미군 PX를 떠난다. 그녀가 떠난 그 자리에 들어선 동화백화점을 1962년 동방생명이 인수한다. 그리고 다음 해 삼성이 동방생명을 인수하면서 동화백화점 간판이 내려지고 신세계백화점이 탄생한다.

결혼을 하고 평온한 생활을 이어가던 박완서는 우연찮게 박수근의 유작전을 보고 그에 대한 기억을 떠올렸다. 박수근에 대한 강렬한 기억은 첫 번째 장편소설인 『나목』으로 이어진다. 원

래는 『신동아』의 논픽션 공모
전에 응모하기 위해 박수근의
전기를 쓰려다가 정작 그에 대
해서 아는 게 없다는 사실을 깨
닫고 펜을 내려놨다고 한다. 그
러다가 원고에 하나씩 새로운
살을 붙여 창작한 이야기를
『여성동아』의 장편소설 공모전
에 응모했고 그것이 당선으로
이어졌다. 이런 사전 정보 덕분
에 우리는 『나목』에 등장하는
여주인공 이경이 박완서, 남주

신세계백화점 본관 정문

인공인 옥희도가 박수근이라는 걸 어렵지 않게 알아차릴 수 있다.

　이야기는 한국전쟁이 터진 이듬해 이경이 명동에 있는 미군
PX의 초상화부에 취직하면서 시작된다. 이경은 자신 때문에 두
오빠가 죽었다는 사실에 죄책감을 느끼고 있었고 그걸 끊임없
이 일깨워주는 어머니 덕분에 힘겨운 나날을 보내고 있었다. 한
국전쟁 중에 실제로 박완서의 오빠가 세상을 떠났다는 점이 떠
오른다. 옥희도 역시 전쟁의 상처로 삶이 피폐해지긴 마찬가지
였다. 같은 상처를 가진 두 사람은 명동성당과 완구점에서 만나
교감을 나누지만 오래가지는 못한다. 옥희도에게는 가정이 있었
고 이를 제외하고라도 둘이 가까워지기에는 서로의 상처가 너무

깊었다. 결국 두 사람은 자연스럽게 헤어지고 이경은 직장 동료인 황태수와 결혼한다.

　평온한 결혼생활을 이어가던 어느 날 그녀는 옥희도의 유작전을 관람한다. 그리고 그곳에서 옥희도가 자신에게 보여준 그림을 보게 된다. 그림을 보여줄 당시에는 죽은 나무인 '고목'인 줄 알았는데 알고 보니 겨울에는 죽은 듯이 있다가 봄이 되면 살아나는 '나목'이라는 사실을 깨닫는다. 삶은 온전히 해석하기에는 너무 어렵고 복잡하다. 마치 미쓰코시 경성지점이 동화백화점과 미군 PX, 그리고 다시 동화백화점을 거쳐 신세계백화점으로 탈바꿈하는 것처럼 말이다. 그래서 우리는 이곳을 『나목』 문학기행의 출발점으로 삼았다.

　소설 속에 등장하는 이경의 집은 계동이다. 안국역 근처이며 헌법재판소와 현대건설 사옥이 있는 곳이다. 소설 속 이경이 출퇴근하는 길을 유추해보았다. 안국역 부근을 출발해서 지금의 신세계백화점 본점까지 간다고 하면 대략 안국동 사거리 남쪽으로 지금의 종로타워가 있는 화신백화점을 지나, 롯데백화점과 호텔이 버티고 있는 을지로 사거리를 거쳐 신세계백화점 본관으로 도착하는 경로이다. 대략 2킬로미터 정도 되는 거리라서 도보로 걸으면 30분 정도 소요된다. 출퇴근 시 전차를 타는 방법도 있었겠지만 한국전쟁이 터지고 서울을 되찾은 지 얼마 되지 않은 상황이라 제대로 운행되지 않았을 테고 게다가 당시 전차는 타고 간다기보다 매달려간다는 표현이 어울릴 정도로 항상 미어 터졌다. 아마 이경은 직장인 미군 PX까지 걸어서 출퇴근을 했을 것이다. 그녀가 일하던 당시의 서울 풍경은 어땠을지 상상하면서 신세계백화점 본점을 출발했다. 분수대가 있는 광장을 지나 중앙우체국을 스쳐 지나갔다.

일제강점기 시절에 진고개이자 혼마치를 들어가는 입구의 측면을 지키는 역할을 했던 경성우체국은 광복 이후 중앙우체국으로 이름이 바뀌었다. 지금은 기존 건물은 허물어지고 양 갈래로 갈라진 뿔처럼 생긴 포스트타워가 자리 잡고 있다. 좀 더 걸어가면 소공동과 을지로가 만나는 곳으로 롯데백화점이 보인다. 소공동은 일제강점기 당시에는 하세가와초長谷川町라고 불렸다. 조선주차군사령관이자 제2대 조선총독을 지낸 하세가와 요시미치의 이름을 딴 것이다. 이곳은 일본인들의 집단 거주지라고 할 수 있는 혼마치와 이어진 곳으로 금융기관들이 주로 자리 잡았다. 지금도 커튼월 공법으로 만들어진 금융기관 건물들이 성채처럼 버티고 있다.

조금 더 걸으면 롯데백화점 본점이 나온다. 을지로1가 사거리와도 닿아 있는 곳이다. 예전에도 이 길은 몹시 붐볐는데 회사들이 많기도 했지만 무엇보다 종로와 번화가로 쌍벽을 이루는 명동이 근접해 있었기 때문이다. 을지로1가 사거리를 지나도 주변 풍경은 그다지 다르지 않다. 은행을 비롯한 금융기관들의 개성 없는 건물들이 길옆에 장승처럼 서 있다. 이경은 출근을 하며 걸었던 이 길에서 어떤 생각을 했을까? 옥희도를 만나서 차를 마시며 나눌 얘기를 떠올렸을까? 비슷한 길을 걸었을 박완서 작가는 어떤 생각을 했을지도 궁금해하며 걷다 보니 어느새 청계천을 지나 종로1가 사거리의 신호등 앞에 다다랐다.

화신백화점과 종로타워

신세계백화점이 된 미쓰코시 경성지점이 일본 백화점의 상징이었다면 종로1가 사거리에 있던 화신백화점은 조선 백화점의 상징이었다. 박흥식이 기존에 있던 화신상회를 인수해서 백화점으로 간판을 바꿔 단 것이 시작이었다. 화신백화점은 조선인이 세운 백화점이라는 유명세를 이용해서 승승장구했지만 1935년 화재로 잿더미가 되고 만다.

박흥식은 불타버린 건물을 대신해서 새로운 백화점 건물을 올렸다. 1937년 조선인 건축기사 박길룡이 설계한 6층 높이의 화신백화점이다. 미쓰코시가 4층 높이였다는 걸 감안하면 당시로서는 꽤 높은 건물로 엘리베이터와 에스컬레이터는 물론 전광판까지 있었다. 덕분에 종로 거리의 명물이 되었는데 아예 전차 정류장 이름이 '화신 앞'이 될 정도였다.

광복 이후에도 화신백화점은 그대로 박흥식의 소유로 남았지만 전쟁이 터지면서 건물이 파손되고 물자까지 부족해지자 백화점이라는 이름이 무색해졌다.

화신백화점이 철거된 후에는 그 자리에 종로타워가 들어선다. 허공에 도넛을 띄운 괴상한 모형의 종로타워는 쓰나미라는 별명으로 불리는 서울시청이나 갓을 씌운 것 같은 예술의전당 오페라하우스와 더불어 최악의 현대 건축물이라는 손가락질을 받는다. 한때 조선인들의 동경 대상이었던 화신백화점이 사라진 자리에 손가락질을 받는 괴상한 건물이 들어선 것은 그야말로 역사의 아이러니가 아닐 수 없다.

종로타워 뒷자리에 있는 센트로폴리스 건물을 지나면 분위기가 사뭇 달라진다. 철과 유리로 된 빌딩들을 뒤로하고 야트막하고 오래된 건물들이 보이기 시작한다. 물론 중심가이다 보니 빌딩들이 없진 않지만 높지 않은 편이라 숨통이 트인다. 분위기가 이렇게 달라지는 까닭은 조계사가 있기 때문이다. 이곳은 중심가에서 아주 살짝 빗겨나 있다는 게 믿기지 않을 만큼 고즈넉하다. 만약 이경이 옥희도와 함께 명동성당으로 가지 않았다면 분명 이 길을 지났을 것이다.

이경에게 집은 안락한 휴식처가 아니라 끔찍한 기억과 마주하는 공간이었다. 아들들의 죽음 이후 삶을 놓아버린 어머니의 한없이 차가운 시선이 기다리고 있는 곳. 비슷하게 오빠를 잃었던 박완서 작가에게도 집은 그렇게 비치지 않았을까?

터벅터벅 걷다 보면 박완서 작가가 창조해낸 이경의 흔적과

숨결들이 느껴진다. 그 와중에 자신의 길이 죽은 나무인 고목이 아니라 희미하게나마 살아서 봄을 기다리는 나목의 길임을 깨달 았을지 모르겠다. 고목과 나목은 언뜻 서로 비슷해 보이지만 의 미상 큰 차이를 보인다.

조계사를 지나 조금 더 걸으면 안국동 사거리에 도달한다. 도 로 건너편에는 공예박물관이 된 풍문여고가 있다. 계동으로 가 려면 여기서 오른쪽으로 방향을 틀어야 한다. 당시 높은 건물들 이 없었을 것을 감안하면 이쯤에서 창덕궁의 돈화문이 보였을 것이다. 만약 전차를 타고 출퇴근을 했다면 이곳에서 탔을 가능 성이 높다. 일제시대 깔아놓은 전차 선로 중에 안국동에서 출발 해서 종로시장과 종로를 거쳐, 황금정(지금의 을지로) 입구를 지나 명치정(지금의 명동)과 조선은행 앞을 뜻하는 선은전을 지나는 노 선이 있기 때문이다.

박완서 작가가 창조해낸 『나목』의 세상 속에서 이경의 집은 계동이었다. 좁은 골목길을 지나 안국동 사거리로 나와서 전차 를 타고 선은전에서 내린 이경은 분수대가 있는 광장을 건너 미 군 PX로 들어갔을 것이다. 그리고 옥희도가 일하고 있는 초상화 부로 향했을 것이다. 이경이 걷던 길이 박완서 작가가 걷던 길 이었던 셈이다.

이경과 박완서

박완서 작가는 『나목』으로 등단한 이후 무수히 많은 작품을 발표하면서 문학상을 휩쓸었다. 서울대 국어국문학과 출신이지만 전쟁으로 인해 제대로 수업을 받지 못하고 결혼까지 한 그녀는 뒤늦게 펜을 들었다. 보통 사람이라면 그냥 지나쳤을 기억과 회상을 토대로 이야기를 만들어냈다.

작가의 펜은 늘 삶을 돌아보게 만든다. 『나목』 역시 고목인 줄 알았던 과거를 자신만의 방식으로 풀어냈다. 늦은 나이에 글을 썼지만 시작이 늦었다는 건 아무것도 아님을 몸소 보여주었다. 『나목』은 고목처럼 살아가던 한국전쟁 직후의 사람들을 위한 이야기다. 몇 번씩 죽을 고비를 넘기면서 가슴에는 먼저 죽은 가족들에 대한 회한과 아쉬움이 남아 있다. 살아 있는 건지 죽어 있는 건지 모를 고통 속에서 하루하루의 생존은 마치 전쟁이나 다름없었다. 『나목』에서의 이경은 현실에서의 박완서였다. 그리고 그 시기의 박완서는 우리 모두였다.

이경과 박완서가 일하던 미군 PX는 동화백화점을 거쳐 신세계백화점으로 탈바꿈하면서 과거의 기억을 지워버렸다. 박완서와 이경이 걸었던 길은 높다란 빌딩 숲으로 변하면서 전쟁의 상처를 가려버렸다. 하지만 『나목』 속의 이경을 통해 우리는 그때의 아픈 기억을 바라볼 수 있다. 이것이 우리가 문학작품의 무대를 걷는 이유이기도 하다.

그 많던 현저동 사람들은 어디로 갔을까?

「그 많던 싱아는 누가 다 먹었을까」

by 박완서

❧ 작품 소개 ❧

개성 근처의 박적골에서 태어난 완서는 그녀를 사랑하는 할머니와 할아버지를 떠나 서울로 유학을 온다. 오빠와 그녀를 성공시키겠다는 홀어머니의 의지 덕분이었다. 그러나 엄마가 자리 잡은 곳은 서울에서도 가난한 상경민들이 자리 잡은 현저동 산동네. 엄마는 완서를 사대문 안의 학교로 보내겠다고 친척 집으로 불법 전입까지 불사한다. 초등학교까지 수 킬로미터를 산길로 걸어다니며 완서는 박적골을 그리워하고 할머니, 할아버지와 상큼한 싱아의 맛을 그리워한다. 이 소설은 박완서 작가가 60대에 어린 시절을 되돌아보며 쓴 성장기이자, 전쟁문학이다. 전쟁 장면 하나 없이 당시 시대를 둘러싼 평범한 사람들의 이야기를 덤덤하게, 그러나 가슴 아프게 담고 있다.

여름의 초입, 뜨거운 햇볕이 서울역 광장에 내리쬐고 있
었다. 큰 스피커에 대고 시위를 하는 사람들과 곳곳에 짧은 그림
자만 있어도 자리를 꿰차고 누워 있는 노숙자들을 보자 순간 어
깨가 움츠러들었다. 무해한 사람들이라는 걸 알면서도 서울역에
오면 긴장이 된다. 개성을 떠나 서울역에 처음 도착한 어린 완서
의 마음도 그랬을까.

『그 많던 싱아는 누가 다 먹었을까』는 박완서 작가의 자전적 소
설이다. 박완서 작가는 내동 글을 쓰지 않고 살다가 마흔이 되어
첫 소설을 썼다. 게다가 이 소설은 작가의 60대에 출간됐다. 그런
데 여덟 살 때의 기억을 어제 일처럼 이야기한다. 기억력이 남다
른 것일까, 시대의 대표 소설가답게 기억의 사이사이를 생생한
이야기로 메우는 걸까. 정말 대단한 이야기꾼이다.

박완서는 개성에서 20리, 그러니까 8킬로미터 떨어진 개풍군 청교면 묵송리 박적골에서 태어났다. 박적골은 스무 가구 정도 가 사는 작은 시골 마을로, 정지용의 시처럼 '옛이야기 지줄대는 실개천'이 흐르는 아름다운 마을이었다. 그녀는 세 살 때 아버지 를 여의고 할아버지의 사랑을 흠뻑 받으며 자랐다. 사실 아빠는 간단히 고칠 수 있는 맹장염이었는데 시골 어른들이 한약에 굿 까지 하는 바람에 병이 깊어졌다. 그제야 엄마는 아버지를 달구 지에 싣고 송도까지 가서 뒤늦게 수술을 했지만 결국 돌아가시 고 만다. 엄마는 이게 다 시골의 무지몽매함 때문이라고 생각하 고 아이들을 박적골이 아닌 서울에서 키우기로 결심한다. 혼자된 맏며느리가 아들 공부를 핑계로 시부모 모시는 것을 포기하는 것 은 가당치도 않은 시대였지만 엄마는 그렇게 했다. 어른들과 상 의도 없이 오빠를 서울의 상업학교에 보냈고 얼마 뒤 엄마는 완 서도 데려가겠다고 박적골로 돌아왔다.

　마중을 나선 할머니와 함께 8킬로미터를 걸어 개성이 내려다 보이는 고개에 올랐을 때 완서는 생전 처음 보는 도시의 모습에 충격을 받는다. 기차에 꾸겨지듯 올라타 창문 밖 할머니와 인사 를 하고 모녀는 서울로 떠났다. 개성보다 훨씬 큰 서울역에 도착 하자 지게꾼들이 우르르 몰려왔다. 독립문까지 가는 전차를 타 도 됐으련만, 엄마는 굳이 짐을 들어줄 지게꾼과 흥정을 한다. 박 적골에서는 으스대던 엄마였지만 완서는 어렴풋이 엄마의 서울 살이가 모질다는 것을 예감했을 테다. 그렇게 서울역에서 우리의 여정도 시작되었다.

산동네는 아파트촌으로

독립문에 갈 일이 거의 없어 그랬는지 내 마음속 독립문은 서울 끄트머리 어딘가에 있었다. 그런데 막상 지도를 찾아보니 서울역에서 독립문까지는 고작 2.5킬로미터, 걸어서 한 시간 남짓 거리였다. 인제 보니 타지에서 올라온 사람들은 비싼 사대문 안에 자리 잡지 못하고 서울역에서 최대한 봇짐 지고 걸어갈 수 있는 먼 산기슭에 다닥다닥 자리를 잡았나 보다. 우리는 서울역 버스 환승센터에서 702번 버스를 탔다. 금세 영천시장 앞에 도착했다.

당시 영천시장에는 밤마다 서대문 사거리까지 야시장이 섰다고 하는데 지금은 그 길이의 반도 안 되는 골목 시장만 겨우 남았다. 인근 지역이 죄 아파트촌이 되어 큰 마트가 여러 개 들어섰으니 그럴 만도 하다. 당시 야시장에서는 식칼이나 요강, 빗자루 같은 일회용 잡화들을 팔았는데 특히 포목전이 많았다. 포목전은 직접 지을 옷감을 파는 가게다. 당시 완서의 어머니는 한참을 흥정해서 물방울무늬 자투리를 떼다가 완서의 내리닫이를 지어줬다. 내리닫이는 요샛말로 원피스다. 방학이 되어 박적골에 갈 때 그럴듯한 서울내기로 보이려는 나들이옷이었다. 요새 누가 포목

전에서 옷감을 사다가 지어 입을까. 더 이상 포목전은 찾아볼 수가 없고 도넛과 떡 같은 간식거리가 나를 유혹했다. 영천시장 골목은 생각보다 짧아 아쉬웠지만 딱 봐도 인근에 맛집이 많아 보였다. 고양이가 생선가게를 그냥 지나쳐야 하다니, 아쉬웠지만 언젠가 데이트 코스로 다시 오기로 한다.

독립문을 끼고 길을 건너자 온통 새 아파트다. 내가 물었다. "현저동은 어디 있어요?" 정 작가가 아파트촌을 가리키며 말했다. "지금은 현저동이 무악동으로 바뀌었어요. 박완서 작가는 이 뒤 어디쯤 살았을 거예요." 나는 뜨악했다. 현저동의 판잣집들이야 흔적이 없다 쳐도 앞의 아파트촌은 산이 아니라 평평한 대지로 보였다. 최근 지어진 아파트들은 산도 언덕도 싹 밀어버리고 지어진 것이다. 그나마 아파트촌 오른쪽으로 일부 다세대 · 다가구 주택들이 좁고 구불구불한 언덕길을 따라 사이좋게 남아 있어서 현저동의 모습을 조금이나마 상상케 했다. 하지만 박완서가 기억하는 현저동 46번지 418호는 아마 아파트가 되었을 것이다. 독립문으로부터 거리는 500미터가 좀 안 되었겠지만 인왕산 자락이라 '등산각'이었겠지.

독립문을 지나도 집이 나오지 않자 도대체 집이 어디냐는 지게꾼 아저씨의 역성에 엄마는 "조오기, 현저동…" 하면서 말끝을 흐렸다. 지게꾼 아저씨는 누가 그 산꼭대기를 그 돈 받고 가느냐며 성을 냈다. 개성에서 가져온 많은 짐보따리를 땜깨나 흘리며

독립문을 중심으로 바라본 현저동. 오른쪽에 산동네가 있었으나 현재는 아파트단지만 들어섰다.

들고 올라가던 지게꾼 아저씨는 현저동이라는 말을 듣자마자 태도가 불손해졌다. 그만큼 타지에서 올라온 빈곤한 사람들이 사는 산동네였다, 현저동은.

집들이 끝나는 곳에서 인왕산으로 조금 더 올라가면 선바위가 나온다. 이렇게 더운 날이면 완서는 오빠 손을 잡고 선바위에 올라 땀을 식혔다. 선바위에서는 모든 게 한눈에 내려다보인다. 건너편 서대문형무소가 시원하게 보이고 남산이 보이고 63빌딩이 보인다. 바로 왼쪽으로는 성곽이 이어져 있다. 성곽 안쪽이 완서의 어머니가 그토록 바라던 '문안'이다. 사대문 안쪽의 '진짜 서울'인 것이다. 그 안에 매동초등학교도 있고 경복궁도 광화문도 지척에 있다. 건너편에는 인왕산과 산세가 거의 연결되어 있는

서대문형무소

서대문구 안산鞍山이 있다. 옛날엔 골짜기가 험해 호랑이도 나오고 산적도 출몰하는 길이었다는데 지금은 산밑까지 턱턱 아파트가 비집고 서 있다. 갑자기 완서네 현저동이 호랑이 담배 피우던 시절만큼 멀게 느껴진다.

현저동을 등지고 길 건너 서대문형무소로 향했다. 높다란 붉은 담벼락이 길게 이어져 엄숙함이 느껴지고 괜히 긴장이 됐다. 어린 완서는 이 앞마당의 어느 계단에서 동무와 해 저무는 줄 모르고 미끄럼을 탔다. 처음으로 서울 온 보람을 느낄 만큼 재밌었다. 한번은 그 길로 발에 쇠사슬을 찬 한 무리의 사람들이 지나갔는데 아이들은 그들을 '전중이'라고 불렀다. 전중이는 옥살이

하는 죄수를 말하는 속어다. 완서가 그날 밤 무서운 마음에 어머니에게 얘기하자 어머니는 노발대발하는 정도가 아니라 감옥 앞 동네에 사는 처지를 한탄하며 눈물 바람까지 하는 게 아닌가. 완서는 다시는 서대문형무소 앞에서 놀지 않기로 했다. 시골로 쫓겨가는 건 무섭지 않지만 엄마가 운다는 건 보통일이 아니었기 때문이다.

나도 어릴 적 잠시 구치소 근처에 살았던 적이 있다. 멀리서라도 높은 담벼락이 보일 때면 무서워 집 앞에 다다르기 무섭게 후다닥 뛰어들어갔던 기억이 난다. 부모님 마음도 불안했으리라. 하지만 서대문형무소의 수감수 중에는 억울한 사람들이 많았다. 당시는 해방 전이었고 이곳에는 수많은 독립투사가 투옥되어 있었다. 서대문형무소 건너편에는 독립투사의 가족들이 옥바라지를 위해 머물던 여관들이 촌을 이루고 있었다. 이곳은 소위 '옥바라지 골목'으로 불렸다. 지금은 사진으로만 볼 수 있는 옥바라지 골목은 현저동의 초입에 자리했다. 그렇게 다닥다닥 붙은 다세대 가구 어딘가에 완서의 집도 있었으리라. 옥바라지 골목은 2019년 아파트 단지로 바뀌었다. 당시 많은 사람이 옥바라지 골목을 부수고 재개발하는 것에 반대했지만 서울시는

절충안으로 독립운동가와 가족들의 고통을 기리고자 골목 초입에 '독립운동가 가족을 생각하는 작은 집'이라는 공간을 만들었다. 가보니 너무 작아서 이 지역이 가지고 있는 시간과 역사를 담아내기엔 역부족이라는 생각이 들었다. 그렇지만 많은 사람이 이 공간과 함께 서대문형무소역사관을 꼭 찾아가봤으면 한다. 가슴으로 기억해야 할 역사이며 아무도 관심을 두지 않으면 사라질 이야기이기 때문이다.

도대체 '싱아'가 뭐길래?

이번에는 완서가 다녔던 매동국민학교를 찾아 서대문형무소 앞에서 버스를 탔다. 큰길로는 1.8킬로미터 정도의 거리인데 완서는 이 길이 아닌 성곽을 따라 산길을 걸어다녔다. 현저동 중턱에서 성터가 남은 근처까지 올라가면 사직공원까지 통하는 평탄한 길이 나온다. 위성 사진으로 보면 지금은 성곽을 중심으로 등산로가 조성되어 있지만 당시는 그냥 산길이었다. 사람의 왕래가 없는 휑한 길인 데다 길에서 조금만 벗어나면 숲속에 문둥이들이 득시글댄다고 하니 초등학생에게는 무서웠을 법하다. 그런데 완서는 6년 동안 이 길을 다니면서 무섭다거나 심심하다는 생각이 조금도 들지 않았다. 오히려 편하고 자유로웠다고 기억한다. 무엇보다 어머니가 밤마다 삯바느질을 하면서 들려준 이야

싱아 풀(출처 : 국립생물자원관 한반도의 생물다양성)

기를 상상하며 다녔다고…. 전래동화부터 『박씨부인전』, 『사씨남
정기』, 『구운몽』, 『수호지』, 『삼국지』까지 아이 수준에 맞게 들려
줬던 어머니야말로 예사 분이 아니다. 책도 부족했던 그 시절 어
머니가 들려준 이야기들이 씨앗이 되고 숲속으로 통학하며 상상
의 나래를 펼치는 사이 박완서 작가만의 이야기가 만들어진 게
아닐까. 외로웠을 어린 완서를 생각하면 마음이 조금 안됐다가도
그런 고독한 시간이 우리에게 시대의 이야기꾼을 선물했다는 점
을 생각하니 참 다행이다 싶다.

　바로 이 길에서 완서는 싱아를 애타게 찾았다. 개성의 박적골
은 봄이 되면 풀과 꽃이 활짝 피었지만 인왕산 자락은 쑥 하나 돋

박완서 작가가 다녔던 매동초등학교

아나지 않았고 흙은 메말랐다. 지금도 인왕산은 바위가 많지만 당시에는 몰래 나무를 해가는 사람이 많아 산에 나무가 더 없었고 아카시아만 마른 흙에 악착같이 피었다. 아이들은 향긋한 아카시아꽃을 따먹었다. 완서도 몰래 꽃을 한 송이 먹어보았다. 하지만 영 비릿하고 들척지근한 맛에 헛구역질이 났다. 그때 박적골에서 먹었던 싱아가 생각났다.

싱아는 어디에나 있는 들풀이었다. 발그스름한 줄기를 꺾어서 껍질을 벗겨내고 속살을 먹으면 새콤달콤했다. 싱아를 먹으면 니글니글한 비위가 가라앉을 것 같건만, 인왕산 자락 어디에도 싱아는 한 포기도 없었다. 그 많던 싱아는 누가 다 먹었을까. 완서는 헛구역질을 하면서 싱아를 찾았다.

어느덧 매동초등학교, 즉 완서가 다녔던 매동국민학교에 도착했다. 문이 굳게 닫혀 있어 들어가볼 수는 없었다. 지금은 알록달록해진 예쁜 학교를 입구에서 바라보며 이 학교의 친구들도 선배인 박완서를 알고 자랑스러울까 궁금했다. 조금 쉴 겸 일행과 학교 앞 카페를 찾았다. 〈커피 한 잔〉, 참 오래전의 감성을 간직하고 있는 낡은 카페였다.

이 동네는 집도 가게도 오래된 건물들이 참 많다. 완서의 친척 집이 있었던 사직동이다. 현저동에서 고개 하나만 넘으면 되는데 사직동은 사대문 안인 데다 당시에는 판자촌도 없어서 훨씬 정돈되고 아늑했다. 집들은 비탈이 아닌 평지에 있었다. 완서 어머니는 이곳에 완서를 입학시키겠다고 위장전입까지 불사했다. 그런데 지금은 이곳이 현저동보다 낡은 동네가 됐다. 현저동은 천지가 개벽하여 삐까뻔쩍한 아파트들이 당당하게 들어서 있는데 말이다.

한편 완서의 거의 유일한 초등학교 친구인 복순이는 누상동에 살았다. 누상동은 매동초등학교에서 더 북쪽에 있다. 현저동만큼이나 인왕산 밑에 딱 붙어 있다. 완서네 집보다 훨씬 못한 초가집에 여섯 식구가 붙어살았다. 그럼에도 복순이는 기꺼이 완서를 초대해 감자를 직접 벗기고 쪄서 대접했다. 자존심도 세고 현저동 사람들을 내심 무시하던 완서에게는 충격이었다. 왜 저 친구는 부끄러워하지 않을까.

지금은 그 허름했던 누상동도 모두 서촌 자락이 되어 사람들이 살고 싶어 하는 동네가 되었다. 현저동과 누상동의 변화를 곱씹어보니 문득 시간 앞에서는 동네의 번영이 무색하다는 생각이 든다.

사대문만큼의 서울

이즈음 숙부는 서울역 근처 봉래동에 살고 있었다. 숙부는 일본인 생선 도매상의 배달꾼으로 일했고 숙모는 잡화 도매상에서 물건의 전표를 떼는 일을 했다. 봉래동은 지금도 있는데 서울역을 가로지르는 '서울로7017' 고가를 따라 걷다 보면 시청역 방향으로 보인다. 서울역이면 서울에서도 중심이건만 당시 숙부의 집은 좁은 마당에 셋방만 십여 가구가 양쪽으로 길게 늘어선, 생전 볕이 들지 않는 곳이었다. 놀러 갈 때면 바닥은 울퉁불퉁하고 습해서 신발이 젖을까 조심스레 걸어야 했다. 어머니가 그토록 원하는 사대문 안이었지만 문안에도 이런 빈민굴은 있었다. 그럼에도 불구하고 두 분은 영리하고 부지런했던 모양이다. 고생도 많이 했지만 나중에 남대문통에 자기 가게를 가질 만큼 꾸준히 일을 키워 나갔다. 완서네 집과 서로 도와 집도 여러 번 이사했다. 그렇다고 해도 완서의 서울살이는 거의 이 동선 안에 있었다. 서울역에서 현저동 사이. 그때 사람들이 생각했던 서울도 딱

이 사대문 정도의 크기였다. 지금은 수도권까지 서울의 경계가 스멀스멀 넓어지고 있지만 그때는 하루면 다 돌아볼 수 있는 작은 지역이었던 것이다.

완서는 숙명고녀에 진학하면서 드디어 산길을 벗어나 전차로 통학을 하게 된다. 물론 숙명고녀는 지금의 위치인 강남구 도곡동이 아니라 서울시 종로구 종로5길, 조계사 뒤쪽의 '용동궁'터에 있었다. 전차로 다녔다고 해도 오늘날 지하철 두 개 역 정도의 거리다. 하지만 더는 사월의 벚꽃, 오월의 아카시아, 겨울의 설경이 있었던 산길 통학을 하지 못하게 된 것이 완서는 못내 아쉬웠다. 게다가 얼마 안 있어 처음으로 우리 집이었고 가족 모두가 좋아했던 괴불마당집마저 팔고 현저동을 떠나야 했으니 그 아쉬움은 더했다. 완서는 해방 전후의 어수선함에 떠밀려 다시 박적골로 갔다가 광화문 근처 신문로에 살았다가 하며 잦은 이사를 하게 된다. 그럼에도 숙명고녀를 다니며 단짝 친구를 만들고 소설가였던 박노갑 선생님을 만난 시기의 완서를 보면 그야말로 문학소녀다운 에너지가 느껴진다.

하루는 완서가 친구와 수업을 땡땡이치고 영화를 보다가 뒤늦게 교실에 들어갔다. 이미 수업이 끝나고 아무도 없는 교실 칠판에는 교무실로 오라는 선생님의 엄명이 적혀 있었다. 교무실로 부랴부랴 갔지만 선생님은 퇴근하고 없었다. 선생님을 어떻게든 찾아가야겠다는 생각에 집 주소를 받아봤는데 이런, 현저동이었다. 완서는 친구에게 현저동을 아는 척하기가 싫었다. 생전 처음 와보는 동네처럼 굴면서 혹시 친구가 그 동네를 흉볼까 봐 조마조마했다. 선생님을 만나지도 못하고 아무 일 없이 지나갔지만 어린 마음에 얼마나 현저동이 부끄러웠을지 알 것만 같다.

완서가 막 서울대학교에 입학한 1950년, 6·25전쟁이 발발한다. 살림이 어려웠던 시기가 지나고 찾아온 평화는 전쟁으로 박살이 난다. 소설 속 이야기를 보면 전쟁 중에도 삶이 흘러갔다는 사실을 새삼 깨닫게 된다. 작가가 묘사하는 당시 서울은 아수라장이었다기보다는 하루하루 눈치를 보면서 생활을 이어가야 하는 살얼음판이었다. 총성 속에서도 일상이 아무렇지 않게 흘러갔다는 점이 잔인하다. 죽고 살고의 문제를 떠나 살아남아도 문제였다. 남한이 정권을 잡고 나면 인민군에 협조한 게 아니냐며 이념 갈등의 표적이 되었다. 총상을 입은 오빠까지 있는 대식구였지만 어머니는 피난을 가는 척이라도 하기로 결심한다. 완서가 오빠를 태운 손수레를 끌고 한강은커녕 겨우 무악재를 넘었을 무렵, 엄마가 가리킨 가짜 피난처는 하필 현저동이었다. 현저동에 숨어든 집에서 내려다보니 숙부를 사형시킨 형무소도 아무도 없는 독립문 한길도 한눈에 보였다. 큰 도시에 덩그러니 완서네 가족만 있는 듯했다. 거기서 완서는 결심한다. 언젠가 이를 모두 기록하기로. 그리고 시간이 흐른 지금 완서는 그 결심을 지켰다. 그 덕에 우리는 가슴 사무치게 그날들을, 그때의 서울을 기억할 수 있게 됐다.

전쟁 이전까지의 이야기는 『그 많던 싱아는 누가 다 먹었을까』

에서, 이후의 이야기는 다른 소설 『그 산이 정말 거기 있었을까』
에서 이어진다. 어린 시절은 섬세하고 생생하게 묘사되어 있는
반면 전쟁 전후의 이야기는 참으로 담담하고 투박하다. 장사를
하다가 어쩔 수 없이 인민군에게 음식을 제공했던 숙부는 처형
을 당하고 숙모는 감옥에 갔다. 자신을 그렇게 예뻐했던 숙부와
숙모가 전쟁 속에 허망하게 사라졌지만 작가는 이를 어떠한 감정
도 묻히지 않고 설명한다. 그래서 더 숨 막히게 와닿는다. 박완서
작가의 작품을 '전쟁문학'이라고들 한다. 전쟁 장면 하나 없이도
당대 사람들의 삶을 부수었던 참혹한 이야기가 너무 생생하기 때
문이다. 한편으로는 자신이 경험한 시대를 이토록 생생하게 묘사
할 수 있는 작가가 우리에게 있다는 사실이 참으로 다행스럽다.

　지금은 멋있는 새 아파트가 높게 들어선 현저동을 바라본다.
'겨우 서울'이었던 현저동에서 시작해 '겨우 사대문 안'에 입성했
지만 결국은 현저동 언저리에서 서성여야 했던 완서네 가족. 당
시 서울엔 얼마나 많은 완서네 가족이 있었을까. 그리고 그 많은
현저동 사람들이 지금은 다 어디에 가서 살고 있을까. 부디 서울
을 가득 채우고 있는 이 많은 아파트 어딘가에서 지금은 편안하
게 살고 있었으면 좋겠다.

난장이의 공이
달에 닿지 못하는 이유

「난장이가 쏘아
올린 작은 공」
___
by 조세희

❀ 작품 소개 ❀

판자촌에 사는 영수네 아버지는 난장이다. 안 해본 일이 없는 아버지는 어느
날 갑자기 혀가 말려 말을 하지 못하게 되고, 그 바람에 영수네 남매는 어릴 때
부터 일을 시작한다. 그러던 중 판자촌에 철거 명령이 떨어진다. 철거 조건으
로 아파트 입주권을 받지만 아파트를 입주할 돈은 턱없이 높은 금액이다. 입
주권을 조금이라도 비싸게 팔려고 차일피일 이사를 미루며 기다리던 중, 낯
선 이가 나타나 웃돈을 주고 입주권을 모두 사간다. 그런데 그날 영희도 함께
사라진다. 이 소설은 작가가 기자로 활동하던 시절, 재개발 동네에서 목격한
철거 장면을 토대로 시작했다. 1978년 출간 이래로 300쇄가 넘게 팔리고 두
번이나 수능에 출제됐지만, 여전히 우리 사회에서 공감을 받고 있다. 작가는
부디 사회가 좋아져서 『난장이가 쏘아 올린 작은 공』이 그만 좀 읽혔으면 좋
겠다고 말한다.

◈
　　◈
　　◈

『난장이가 쏘아 올린 작은 공(이하 난쏘공)』의 제목을 보면 난
장이가 굴뚝에서 달을 향해 하늘 높이 쏘아 올리는 공이 떠오른
다. 하지만 그 공은 쇠공이다. 중력을 거스르지 못하고 다시 땅으
로 무겁게 떨어지는 쇠공. 달나라를 향해 나아가고 싶지만 현실
은 한 걸음도 나아가지 못하는 무력한 희망인 것이다.

내 집에서 쫓겨나는 사람들

　　낙원구 행복동에 사는 영수네 가족. 어느 날 올 것이 오고
야 만다. 재개발사업 구역으로 철거를 명령한 철거 계고장이 날
아든 것이다. 선택항은 없었다. 집을 철거하는 조건으로 아파트

입주권을 받을 수 있었지만 분양 아파트는 58만 원, 임대아파트는 30만 원, 게다가 어느 쪽으로 가든 매달 15,000원씩 내야 했다. 당시 공무원 월급이 1만 원 정도였으니 판자촌에 살던 이들에게는 언감생심이었다.

옆집 명희 엄마는 17만 원에 입주권을 팔았다고 했다. 하지만 영수네 꿔준 15만 원을 받을 때까지 떠나지 않고 기다리고 있었다. 영수네는 세입자를 내보내느라 명희 엄마에게 15만 원을 빌렸다. 20만 원에 입주권을 팔아도 돈을 갚으면 5만 원 남짓이 남을 터였다.

영수의 아버지는 키 117센티미터, 몸무게 32킬로그램의 난장이다. 아버지는 평생 채권 매매, 칼 갈기, 고층 건물의 유리 닦기, 펌프 설치하기, 수도 고치기밖에 할 수 없었다. 일이 너무 버거웠던지 아버지는 하던 일을 그만두고 갑자기 서커스단 일을 하겠다고 나섰다. 하지만 어머니와 남매들의 반대에 부딪히고 만다. 상심한 아버지는 고된 일을 계속 이어갔고 얼마 지나지 않아 혀가 말려 들어가기 시작했다. 아버지는 말을 잘하지 못했고 잠을 잘 때는 혀를 이로 물었다.

그 바람에 어머니와 남은 가족들이 일을 해야 했다. 영수와 영호 형제는 차례로 학교를 그만두고 인쇄공장에서 일을 하기 시작했다. 공장에서는 모여서 얘기를 나눌 시간이 없었다. 점심시간은 30분밖에 되지 않았는데 20분은 공을 차야 했다. 서로 어울리지 못하고 간격을 둔 채 땀만 뻘뻘 흘렸다. 영희는 큰길가 슈퍼마켓 한쪽에 자리 잡은 빵집에서 하늘색 빵집 제복을 입고 일했다. 인쇄공장보다는 소음이 없고 깨끗하긴 했지만 남매의 일은 모두 고됐다.

아버지는 개천 건너 주택가에 사는 청년 지섭과 가까이 지냈다. 지섭은 그 집 가정교사였다. 아버지는 지섭이 빌려준 『일만 년 후의 세계』라는 책을 끼고 다니면서 열심히 읽었다. 지섭은 아버지에게 죽은 땅을 떠나 달나라로 가야 한다고 말했다. 어느 날 아버지가 안 보여서 찾아보니 아버지는 벽돌공장의 굴뚝에 서서 종이비행기를 날리고 있었다. 지섭의 이야기에 매료된 아버지는 무기력한 현실 대신 달나라에 가기만을 꿈꿨다.

입주권의 가격은 매일 올라갔다. 어머니는 25만 원을 주면 팔겠다며 아이들을 시켜 가격을 알아보게 하곤 했다. 어느 날 승용차를 타고 온 한 사나이가 입주권을 사겠다고 나섰다. 승용차 안의 사나이는 동네의 나머지 입주권을 모두 사버렸다. 다른 투기업자들이 22만 원을 주고 사는 것을 25만 원씩에 샀다.

그런데 그날 밤부터 영희가 보이지 않았다. 가방도 들지 않고 기타를 맨 채로 사라진 것이다. 백여 채의 집이 헐리고 남은 것이 몇 채 안 되었지만 영호네 식구들은 떠날 수 없었다. 영희가 돌아오지 않았기 때문이다.

철거해야 하는 마지막 날, 영수네 집은 고깃국을 끓이고 고기를 구웠다. 쇠망치를 든 철거반이 오고 있었지만 영호네는 대문을 잠그고 식사를 시작했다. 그들은 대문을 두드리다가 시멘트

담을 쳐부수었다. 담이 내려앉았지만 식구들은 식사를 멈추지 않았다. 그들은 시멘트 먼지 저쪽에 서서 더는 들어오지 않았고 그대로 식사가 끝나기만을 기다렸다. 숭늉까지 다 마시고 나서야 어머니가 밥상을 들었다. 그제야 식구들은 짐을 빼기 시작했다. 영희 없이 그들은 떠날 채비를 했다.

영희는 아버지가 승용차에 탄 사나이에게 매매 계약서를 써 준 뒤로 그를 따라나섰다. 사나이가 매입한 집의 표찰을 따라 무작정 나선 것이다. 그녀는 영동에 있는 그의 아파트에 가서 살기 시작했다. 그는 재개발지구의 표를 몰아 사들여 높은 값에 되팔았다. 25만 원에 사온 행복동의 입주권을 45만 원에 팔았다. 사내는 영희에게 큰돈을 주는 대가로 영희에게 "안 돼요."라는 말을 하지 못하게 했다. 영희는 밤마다 고통에 몸부림쳤다.

그러던 어느 날 밤, 영희는 그를 마취에 빠뜨리고 금고에서 자기네 집 표찰과 매매계약서를 꺼내 도망쳤다. 그러고는 행복동 동사무소로 향했다. 그곳에서 계고장과 표찰을 내밀고 철거확인원을 작성했다. 동사무소 직원들은 수군거렸다. 마지막 직인을 남기고 사무장은 큰길 건너 포도밭 아랫동네에 윤신애 아주머니를 찾아보라고 했다. 가족이 어디로 이사했는지 그녀가 다 말해줄 것이라며.

영희는 구청 주택과와 주택공사를 차례로 찾아가 아파트 임대 신청을 했다. 아버지의 이름, 주소, 주민등록번호를 넣었다. 이 모든 신청을 마치고서야 영희는 신애 아주머니를 찾았다. 아주머니는 몸이 뜨거워지고 정신이 혼미한 영희를 돌봐주면서 그간의 사정을 들려주었다.

가족들은 모두 성남으로 떠나기로 했는데 영희를 기다리느라 갈 수 없었다. 그런데 갑자기 아버지까지 사라졌다. 아버지는 한참 후에 벽돌공장 굴뚝을 허는 날 발견되었다. 굴뚝 아래로 떨어져 생을 마감한 것이다.

서울 한복판의 달동네 중림동

충정로역 4번 출구를 나오자마자 오른쪽 가파른 골목으로 들어서면 중림동이 나온다. 서울역 바로 뒤, 서울 한복판인데도 빽빽한 골목이 시작되어 낯설다. 큰 도로변에는 높고 거대한 건물들이 솟아 있기 때문에 그 뒤에 그런 올망졸망한 동네가 있다는 것은 아는 사람만 안다.

이 동네에서 오래 독서모임을 했었다. 중림종합사회복지관은 주민들에게 공간을 빌려준다. 한 달에 한 번 이곳을 방문하고 그 근처에서 독서모임 회원들과 종종 식사를 하기도 했다. 사회복지관 앞에는 작은 기와집을 개조한 백반집들이 운치롭게 자리하고 있었다. 그런데 이번 답사 때 보니 자주 찾던 식당은 붉은 스프레이로 '철거'라고 쓰인 문 뒤로 텅 비어 있다. 점점 사라져가는 구옥을 보는 게 헛헛했다. 이 많은 작은 집들이 없어지고 멋

중림종합사회복지관 앞에 있는 오래된 건물들이 철거를 기다리고 있다.

없는 빌딩이나 들어서겠지.

그렇게 사회복지관을 자주 찾았지만 나는 한 번도 고개를 넘어가보지 못했다. 이번 기회에 일행을 따라 고개를 올라가니 다시 좁고 가파른 내리막길이 나왔다. 그리고 오래된 아파트가 병풍처럼 펼쳐졌다.

여기가 『난쏘공』의 배경이라고 하니 처음에는 언뜻 영수네가 이런 곳에 살았던 걸까? 하는 생각이 든다. 지금이야 서울에서도 보기 힘든 낡고 허름한 아파트가 되었지만 50년 전에는 인근에서 가장 높고 으리으리한 건물이었으리라. 높은 건물이 없었던 당시에는 인왕산과 경복궁까지 보였을 것이다. 그러니 영수네 가족이 이런 아파트에 살아봤을 리가 없다. 난장이 가족이 철거 계고장을 받고 쫓겨난 자리에 들어선 아파트가 바로 성요셉아파트다. 물론 성요셉아파트도 이제는 낡은 아파트가 되어 누군가는 재개발의 대상이 되길 기다리고, 또 누군가는 서울의 오랜 모습을 기념해야 한다는 이유로 지키고 싶어 하는 공간이 되었다. 결국 도시재생사업에 편입되어 더 오래 이 모습을 유지하게 되었지만 주민들에게 좋은 일인지 아닌지는 잘 모르겠다.

일제강점기 시대부터 중림동은 유명한 빈촌이었다. 주로 토막집을 짓고 살았는데 여기 살던 토막민들은 대부분 탄광 노동자로 징용되면서 자취를 감추었다. 해방 후에는 귀국한 동포들이, 한국전쟁 이후에는 북에서 내려온 실향민들이 판잣집에 터를 잡고 거주했다. 늘 떠밀려온 사람들이 제대로 된 세간도 없이 자리 잡은 곳이다. 이곳에 사는 사람들은 시간을 들여 최대한 자재를 모아다가 직접 집을 완성하곤 했다. 『난쏘공』의 난장이처럼 말이다.

성요셉아파트의 뒤편에는 약현성당이 있다. 우리나라 최초의 서양식 건축물이자 본격적인 벽돌조 건물이다. 명동성당보다도 6년 먼저인 1892년에 지어졌다. 중림동과 서소문 일대에 많은 천주교 신자들이 순교했기 때문에 이들의 넋을 기리기 위해 지금도 신자들이 이곳을 순례하고 있다.

성요셉아파트는 약현성당에서 짓고 운영했다. 그래서 이름도 약현성당의 신부 이름을 딴 성요셉아파트다. 우리나라 최초의 복도식 아파트로 현재 68세대가 거주하고 있다. 지형을 그대로

성요셉아파트 아래쪽과 위쪽. 언덕을 따라 지어진 이 아파트는 아래쪽에서 보면 7층이지만 언덕 꼭대기에서는 3층이 된다.

살려 지었기 때문에 건물이 언덕을 타고 올라가 있다. 보통 건물을 언덕에 지으면 대지를 평탄화해서 계단식으로 만드는데 이 아파트는 고갯길을 따라 지었다. 그래서 맨 아래에서는 7층 건물이지만 올라가다 보면 건물이 한 층씩 줄어들어 3층이 된다. 건물의 맨 꼭대기 층 기준으로 보면 평평하게 눈높이가 맞다. 또 건물이 길을 따라 휘어져 있다. 아파트가 살짝 안으로 구부러져 있어 이쪽 끝에서 저쪽 끝 집으로 쉽게 손을 흔들어 보일 수 있다.

성요셉아파트는 1층에 상가건물을 끼고 있는 주상복합아파트이다. 미용실, 카페, 떡집 등 오래된 상점부터 최근에 생긴 상점까지 골목길을 정겹게 지키고 있다. 참기름 방앗간 사이에 숨어 있는 〈커피 방앗간〉이라는 카페도 눈에 띈다. 오늘날 화려한 주상복합아파트보다 훨씬 정겹다. 물론 여기에 영수네 가족이 앉을 곳은 없었겠지만 말이다.

성요셉아파트 맞은편에는 중림창고가 있다. 무허가 판자 건물과 창고들을 개조해 복합문화공간으로 만들었다. 안으로 들어가면 〈여기 서울 149쪽〉이라는 책방이 있다. 번지를 따서 이름을 지었다. 마침 더운 날이었다. 책방에 가서 더위를 식히며 책을 구경한다.

중림동은 도시재생사업으로 젊은 창업자를 비롯해 디자이너와 작가 들이 들어와 독특한 풍경을 만들어내고 있다. 레트로가 유행인 요즘 사람들이 좋아할 만한 거리가 되어버렸다. 우리가 방문한 그날도 마침 어떤 팀이 골목에서 촬영을 하고 있었다. 마을의 풍경을 해치지 않고 깨끗하게 정비가 돼서 좋기도 하겠지만 자신이 사는 동네가 관광의 대상이 되는 게, 그것도 낡고 쇠퇴해가는 모습을 즐기러 오는 게 마냥 좋을까, 잠깐 생각해보았다.

공책 한 권과 볼펜 한 자루

조세희 작가는 1965년 「돛대 없는 장선」이라는 단편소설로 등단했다. 하지만 이후로 좋은 작품을 쓸 자신이 없어 오랫동안 글을 쓰지 않았다고 한다. 1970년대에는 직장인으로 30대를 보냈다. 독재정권 시대였다. 당시 그가 할 수 있는 것은 글 쓰는 것밖에 없었다.

『난쏘공』을 쓰게 된 것은 조세희 작가가 기자 시절 취재를 다니다가 재개발 동네에서 난장이 가족을 만난 일에서 시작한다. 철거 날짜가 다가오자 마지막이라고 생각한 가족들은 소고기를 사다가 밥상을 차렸다. 그런데 밥을 먹는 동안 철퇴에 맞은 벽이 뻥 뚫리면서 무너져내렸다. 담장을 부수는 철거반원들 사이에서 집을 잃은 사람들은 땅에 주저앉아 시멘트를 끌어안았다. 이 모습을 고스란히 지켜본 조세희 작가는 돌아오는 길에 문방구에서 공책 한 권과 볼펜 한 자루를 샀다. 그리고 이 소설을 쓰기 시작했다.

사실 성요셉아파트를 둘러싼 중림동 판자촌이라면 모를까,

성요셉아파트를 보면서 영수네 가족을 떠올리기는 무리가 있다. 지금은 낡았지만 당시에는 영수네가 살아보지도 못한 호화 아파트였기 때문이다.

조세희 작가는 이 작품을 쓰면서 여러 동네를 취재하고 다녔다. 나는 그 이야기를 『괭이부리말 아이들』의 김중미 작가의 인터뷰에서 발견할 수 있었다. 조세희 작가가 훗날 사진작가와 함께 『난쏘공』의 배경 지역을 찾으면서 괭이부리말을 다시 방문했고 그곳에서 공부방을 하던 김중미 작가와 만났다는 것이다. 『괭이부리말 아이들』과 『난쏘공』 사이에는 20여 년의 시차가 있고 동네도 다르지만 어쩐지 같은 동네라는 느낌마저 든다.

한편 영수네 가족이 행복동을 떠나 향한 성남은 광주대단지를 가리킨다. 「아홉 켤레의 구두로 남은 사내」처럼 직접 언급하고 있지는 않지만 『난쏘공』은 광주대단지사건을 다룬다는 이유로 판매 금지가 되기도 했다. 두 소설은 1977년과 1978년, 비슷한 시기에 출간되었는데 두 작품 모두 광주대단지사건의 계기가 된 서울 철거 붐과 철거민들의 설움을 조명하고 있다. 영희가 다녔던 빵집 이야기 역시 성남의 빵 공장 실태를 모티프로 한다. 빵 공장의 노동환경은 극도로 안 좋았다. 그야말로 쉴 새 없이 일해야 했다. 지금까지도 빵 공장의 열악한 환경에 대한 이야기는 심심찮게 들려온다.

조세희 작가가 얼마나 더 많은 동네를 모티프로 했는지는 알 수 없다. 하지만 이렇게 여러 지명과 사건이 연관 검색되는 까닭은 그만큼 당시 서울에 '낙원구 행복동'이 많았기 때문이리라. 이번 답사를 다니면서 느낀 점은 아직도 '낙원구 행복동'은 현재 진행 중이라는 사실이다.

이 소설은 2017년 한국 출판 사상 최초로 300쇄를 돌파했다. 1970~80년대에는 필독서였지만, 그 이후에도 한국 학생 대부분은 교과서 등에서 이 작품을 읽었다. 2009, 2014학년도 대학수학능력시험에 출제되기도 했다. 그럼에도 작가는 이 작품이 그만 읽혔으면 좋겠다고 말한다. 1978년 출간 이래로 40년이 지났지만 지금 현실에도 여전히 유효하다는 사실이 작가 입장에서는 괴로울 수밖에 없다. 재개발로 인해 어딘가로 떠밀려가는 영수네 가족은 여전히 많이 존재한다.

낙원구 행복동은 현재진행 중

『난쏘공』 작품을 동화 같다고 표현하곤 한다. '낙원구 행복동'이라는 이름이 그렇다. 작은 체구에 늙지 않을 것만 같아 보이는 아버지가 벽돌공장 굴뚝에 올라가 종이비행기를 날리는 장면은 몽환적이기까지 하다. 영희가 팬지꽃을 꽂고 줄이 두어 개 끊어진 기타를 치는 장면도 그렇다. 한밤에 아버지와 죽방 한가운데로 노를 저어 나가는 영수의 모습도 눈에 선하다. 소설은 때때로 아름답고 비현실적이다. 그래서 생동감 있게 다가온다.

또 한 가지 재미있는 점은 소설 속 시간의 흐름이 앞뒤로 왔다 갔다 한다는 것이다. 그것도 대화 중에, 또는 전개 중에 불현듯 시제가 바뀐다. 철거 계고장을 받은 청년 영수에서 시작하여 어렸을 때 엄마 손을 잡고 걷던 영수에게로, 잃어버린 영희를 찾아다니는 영호에서 승용차를 탄 사나이를 따라나선 영희에게로 부지불식간에 흐른다. 의식의 흐름 같기도 하고 꿈결 같기도 하다.

또 첫 번째 장의 화자는 영수, 두 번째 장은 둘째 영호, 마지막 장은 영희의 시선으로 묘사한다. 서로가 서로를 바라보는 시선을 읽어내는 것도 소설의 묘미다. 이 때문에 소설을 여러 번 읽으면서 처음에 발견하지 못한 장면을 발견하기도 하고, 쉬이 넘겼던 문장에 한참 머무르기도 했다.

하지만 이렇게 몽환적이고 극적인 전개 사이사이에 비치는 현실은 가혹하다. 이를 덤덤하게 풀어가는 작가의 어조가 이야기의 잔인함을 더욱 부각시킨다.

영호는 인쇄공장에서 조판을 하던 문서가 노비 문서라는 것을 알아차린다. 어머니와 아버지도 매매의 대상이었던 노비의 자식이었다. 입주권을 사러 온 사내와 함께 온 나이 든 사람은 아버지의 이름을 제대로 읽지 못했다. 아버지의 이름이 갖는 아픈 바람의 뜻을 그가 알 리가 없었다. '김불이金不伊'. 노비의 이름에는 '이'가 많이 들어가는데, '불'이라고 지은 데엔 아들인 난장이만큼은 노비로 살지 않길 바라는 그의 아버지의 마음이 담겨 있다. 하지만 아버지는 이름에 담긴 바람과 다르게 평생이 고난의 연속이었다.

가장 건조해서 가슴 아픈 대목은 공장의 이야기다. 사장은 종종 불황이라는 말을 쓰곤 했다. 그들은 여러 형태의 억압을 감추기 위해 불황이라는 말을 이용했다. 그렇지 않을 때는 힘껏 일한 다음 노-사가 공평히 나누어 갖게 될 부에 관해 이야기했다. 노동자들은 희망 대신 공장 식탁에 무말랭이 하나를 더 얹어주기를 원했다. 하지만 점점 더 승급이 줄고 수당이 줄고 노동자가 줄었다. 일 양은 많아지고 작업 시간은 늘었다. 공장 규모는 반대로 커갔다. 활판 윤전기를 들여오고 접지 기계와 옵셋 윤전기가 들어왔다.

부당한 처사에 대해 토를 다는 자는 아무도 모르게 쫓겨났다. 영수와 영호는 사장에게 부당함을 항변하고 싶었으나 채 말해보지도 못하고 그 계획을 들켜 쫓겨난다.

행복동에 사는 여성들도 불행하기는 마찬가지였다. 옆집 명희는 늘 배가 고팠다. 자라면서 다방 종업원이 되고, 고속버스 안내양이 되고, 골프장 캐디가 되었다. 명희는 음독자살예방센터에서 숨을 거두었다. 영희는 빵집에서 고생만 하다 아버지의 표찰을 찾아오기 위해서 부동산업자를 따라가 몸을 팔았다. 그렇게 되찾은 집에 더 이상 아버지는 없었다. 참으로 지독한 결말이지만 작가는 이 모든 순간을 담담하게 서술한다.

평생을 힘들게 살아온 아버지와 운동을 하다 옥살이를 하고 온 지섭은 이제 허망한 것들을 좇는다. 달나라에 갈 생각을 하고

『일만 년 후의 세계』라는 책을 읽는다. 미치지 않고서는 온전히 살아가기가 힘든 세상이다. 달나라에 가겠다던 아버지는 굴뚝에서 뛰어내려 스스로 생을 마감한다.

이토록 잔혹한 이야기 때문에 『난쏘공』은 그 제목이 주는 어감보다 훨씬 묵직하게 오래 가슴에 남는다. 작가의 바람과 다르게 이 소설은 앞으로도 오랫동안 읽힐 것 같다. 여전히 소외된 난장이와 시민들이 많기 때문이다.

달라진 것도 있다. 1970년대와는 달리 어렵고 소외된 이웃을 조명하는 문학도, 이에 고민하는 지성인도 찾기 힘들다는 것이다. 요즘 시대는 판타지와 SF, 장밋빛 미래를 그린 이야기들에 열광한다. 현실은 크게 달라지지 않았는데도 말이다.

그렇게 땅에서 발이 동동 떨어진 것 같은 느낌이 들 때 『난쏘공』을 꺼내 읽어보자. 중림동도 한번 거닐어봤으면 좋겠다. 성요셉아파트를 보면서 이곳에 무엇이 있었는지, 앞으로 무엇이 사라지고 무엇이 남을지 생각해보는 것도 좋겠다.

무엇을 훔쳤을까?

「자전거 도둑」

by 박완서

❈ 작품 소개 ❈

박완서 작가가 1979년에 발표한 단편소설이다. 청계천 세운상가 전기용품점
에서 일하는 열여섯 살의 수남이는 바람이 세차게 불던 어느 날 자전거를 타
고 배달을 나갔다가 주차된 차에 흠집을 내고 만다. 자동차 주인은 다짜고짜
오천 원을 내놓으라고 으름장을 놓는다. 수남이는 신사의 윽박지름에 눈물까
지 흘리며 사정을 해보지만 그는 자전거에 자물쇠를 채우고 건물로 들어가버
린다. 곤란한 상황에 처한 수남이는 구경꾼들의 속삭임에 넘어가 자물쇠가 채
워진 자전거를 들고 돌아온다. 이를 본 전기용품점 주인 영감은 자물쇠를 풀
어주며 잘했다며 오히려 칭찬을 한다. 수남이는 주인 영감 역시 부도덕한 어
른이라는 사실에 실망을 하게 되고 이곳을 떠나 아버지가 있는 고향으로 돌아
간다. 수남이의 눈을 통해 어른들의 부도덕성을 선명하게 드러내며 이에 대한
비판의식을 잘 보여주는 작품이다.

세상의 운이 모두 모인 곳

종로를 걷다 보면 종묘와 마주치게 된다. 종묘 광장 너머
에는 외대문이 있고, 그 너머에는 조선 임금들의 신위가 모셔져
있는 정전과 영녕전이 있다. 그리고 그 맞은편으로 회색의 길다
란 건물이 종묘를 바라보고 있다. 이곳 역시 종묘처럼 앞에 광
장을 끼고 있다. 그 뒤로는 마치 열차처럼 늘어서 있는 주상복합
빌딩들이 보인다. 상대적으로 층수가 낮고 길이가 긴 탓에 빌딩
보다는 공간이라는 느낌을 더 많이 받는다. 1968년 이 공간의 준
공식에서 김현옥 서울시장은 이곳의 이름을 '세운상가'라고 지
었다. '세상의 운이 모두 모이'라는 뜻이었다. 하지만 세운상가는
자리를 잡은 터부터 완공 후의 기간 내내 운과는 거리가 멀었다.

서울 시내 한복판에 이렇게 길고 넓은 건물을 지을 수 있었던 건 일본이 일으킨 '태평양전쟁'의 여파로 가능했다. 기세 좋게 전쟁을 일으켰지만 일본은 미군의 반격으로 계속 패전을 거듭하고 급기야 본토까지 미군의 공습을 받게 된다. 미군은 목조주택이 많았던 일본의 주거 환경을 전략적으로 이용해서 네이팜탄을 대량으로 투하, 순식간에 거리 전체를 불바다로 만들었다.

일본은 이에 대한 대응책으로 도시 중간중간에 공터를 조성했다. 소개 공지대라고 부르는 이 방식은 조선시대 멸화군의 화재진압 방식과 유사하다. 소방 장비가 충분하지 않던 때라 불이 나면 진화보다는 주변으로 번져가는 걸 막는 데 주력했다. 그중 하나가 바로 불이 난 건물을 주저앉히거나 근처 건물을 부수는 것이다.

소개 공지대를 만든 이유도 이와 유사하다. 불이 더 이상 번지는 걸 막기 위해 경성의 동쪽과 서쪽을 가르는 중간 지점인 종묘 맞은편의 집과 상가들을 철거해 약 1킬로미터 정도를 공터로 만들었다. 대략 종묘 앞부터 필동까지의 거리인데 폭이 50미터 정도였다. 이 정도면 한쪽에서 난 불이 다른 쪽으로 번지지 않을 것이라고 판단한 것 같다.

전쟁이 끝나자 이 빈터는 삽시간에 자리를 차지하려는 사람들로 북새통을 이룬다. 광복 이후 귀국한 해외동포들과 북한 정권의 탄압을 피해 월남한 피난민들이 서울에 자리를 잡으면서 집을 차지하기 위한 쟁탈전이 벌어진 것이다. 돈이 있는 사람들은 일본인들이 살던 적산가옥들을 불하받거나 차지해서 살았지만 그렇지 못한 사람들은 공터에 천막이나 판잣집을 만들고 살았다. 그렇게 생겨난 대표적인 장소가 바로 남산의 해방촌이다. 사실 해방 직후 이런 해방촌들은 서울 전역에 퍼져 있었다. 일본이 화재를 막기 위해 만들어놓은 이 공터 역시 삽시간에 판잣집들이 들어섰다. 서울 한복판인 데다 평지였으니 그냥 비워둘 리 없었다. 이런 상황은 1966년까지 이어졌다.

당시 사진들을 보면 종묘 앞은 기와집이나 2층 정도 되는 건물들이 많은 반면, 도로 건너편은 여전히 허름한 판잣집들이 많은 걸 알 수 있다. 서울 한복판에 대규모의 사창가도 생겨났는데 종로3가에 있다 해서 줄임말로 '종삼'이라고 불렀다. 이런 상황을 대단히 못마땅하게 여긴 사람이 있었으니 바로 '불도저'라는 별명으로 불린 김현옥 시장이다. 그는 서울 한복판에 있는 사창가를 어떻게든 없애고 싶었다. 결국 1966년에 '나비작전'이라는 이름으로 종삼을 없애버리고 그 자리에 세운상가를 짓는다.

어떤 이유에서건 그곳에서 지내던 사람을 쫓아내고 지은 건물에 '세상의 운이 모두 모이기'를 바라는 것은 몹시 이율배반적이다. 그래서 그런지 세운상가는 아주 짧은 전성기만을 누리고 내내 침체기를 겪는다.

시작은 거창했다. 우리나라의 대표적인 건축가인 김수근은 긴 공간을 이용해서 1층에서 4층은 상가로, 그 위층부터는 주거 공간으로 구성된 8개동의 주상복합건물을 만들었다. 맨 처음

세운상가

13층 높이의 현대상가가 준공된 뒤 1968년까지 같은 층의 세운 상가와 8층 높이의 청계상가, 12층 높이의 대림상가, 14층 높이 의 삼풍상가, 10층 높이의 풍전호텔, 그리고 같은 높이의 신성 상가, 17층 높이의 진양상가가 건물을 올렸다. 8층에서 17층 높 이의 주상복합건물 8개동이 종묘 맞은편에서 시작해서 충무로 역 바로 맞은편까지 이어진 것이다. 각 건물들은 3층의 공중 복 도로 이어져서 각기 다른 건물이지만 하나로 연결되는 구조로 설계되었다.

하지만 김수근의 뜻과 달리 공중 복도는 만들어지지 않았다. 당시 각 상가들을 짓는 주체가 다 달랐기 때문에 자신의 상가로 들어온 손님이 공중 복도를 통해 손쉽게 다른 상가로 옮겨 가는

세운상가 아파트의 중정

걸 싫어했기 때문이다. 역설적으로 공중 복도는 세운상가가 사라질 위기에 처한 이후에야 만들어졌다.

세운상가는 주거공간도 몹시 인상적이다. 중앙 복도와 함께 지붕의 일부가 뚫려 있다. 원래는 전체를 유리지붕으로 덮을 생각이었지만 여러 가지 이유로 무산되었다고 한다. 하지만 이렇게 일부만 뚫려 있는 것만으로도 충분히 햇빛이 들어온다.

그렇게 탄생한 세운상가는 짧지만 화려한 전성기를 누렸다. 준공식에서는 김현옥 서울시장 외에도 박정희 대통령이 참석할 정도로 기대를 받았다. 무엇보다 위치가 시내 한복판이었고 당시로서는 고급 아파트였기 때문에 한동안은 사회지도층 인사들과 권력가, 부유층들의 사랑을 받았다. 아래층의 상가 역시 전자제품을 주로 취급하며 큰 인기를 끌었다. 하지만 전성기는 눈 깜박할 사이에 저물어버렸다. 1980년대 접어들어 세운상가 자체가 슬럼가로 변해버렸다. 강남이 본격적으로 개발되면서부터는 주거공간으로서의 매력도 떨어지고 말았다. 전자제품을 팔던 상가는 불법 복제한 비디오와 게임을 판매하는 곳으로 바뀌었다. 부유층들이 살던 주거공간은 차츰 사무실로 변해갔다. 지어진 지 30여 년이 지난 2천 년대 접어들면서는 재개발에 대한 논의가 시작되었다.

처음에는 이곳을 모두 허물고 1,000미터에 육박하는 마천루들을 지을 계획을 세웠다. 하지만 사대문 안에 고층빌딩을 지을 수 없는 법률적 한계와, 교통 흐름에 악영향을 끼칠 수 있다는 반대에 부딪혀 무산되고 말았다. 이후에도 철거와 재개발에 대한 논의가 활발히 오갔지만 종묘와 제일 가깝게 있던 현대상가를 철거한 걸 제외하고는 한 발자국도 나아가지 못하고 있다. 시내 한복판인 데다가 나름 역사와 전통을 자랑하는 곳을 명분도 없이 철거하려니 상인들과 건물주들이 반대하고 나선 것이다. 결국 철거가 아닌 리모델링으로 계획이 변경되면서 옥상에 전망대를 설치하고 상가 간 공중 복도를 만드는 등 몇 가지 변화들이 이루어졌다. 최근에는 카페와 음식점에 서점까지 들어서면서 사람들의 발길을 유혹하고 있다. 하지만 여전히 '상가'로서의 위상도 유지하고 있다. 인터넷의 발달로 온라인으로 사고파는 게 익숙해진 세상이라지만 역설적으로 온라인에서도 살 수 없는 것들을 팔면서 명맥을 유지해오고 있다.

상점과 학교

　　박완서 작가의 「자전거 도둑」의 무대가 세운상가인 것은
이곳이 갖고 있는 세속적인 성격과 거기에 매몰되어 차츰 인간
성을 잃어가는 사람들을 묘사하고 싶었기 때문은 아니었을까.
이 작품이 발표된 1979년은 세운상가의 기운이 차츰 스러져갈
무렵이다. 빛이 사라지고 어둠이 오면 역설적으로 사람의 속성
이 더 잘 드러난다. 어린아이들이 읽는 동화인데도 이 작품은 인
간의 잔혹하고 차가운 속내를 여지없이 보여준다.
　　「자전거 도둑」의 내용은 간단하다. 시골에서 올라온 열여섯
살 수남이가 주인공이다. 수남이는 세운상가의 한 전자용품 가
게에 취직해서 일을 하고 있다. 지금이라면 미성년자라는 게 문
제가 되겠지만 당시는 먹고살기만 해도 바쁜 시대였다. 수남이
가 일하는 전자용품 가게는 일반 손님보다는 전공이라고 부르는
전기기술자들이 주로 드나들었다. 우락부락한 전공들 사이에서
수남이는 귀여움과 괴롭힘을 동시에 받으면서 지낸다. 주인 영
감 역시 수남이를 아껴주는 듯 보이지만 실상은 친절을 가장해
일을 더 부려먹으려는 속내를 숨기고 있다. 정글 같은 세상이
지만 수남이는 그럭저럭 희망을 갖고 버틴다. 고등학교에 진학해

서 공부할 꿈에 부풀어 있는 수남이는 전태일 열사를 비롯해 가정 형편이 어려워 학교 대신 공장과 가게에서 일해야 했던 그 시대 청소년들의 꿈을 대변한다. 그렇다면 수남이가 일한 전자용품 가게는 어디였을까?

보통 세운상가라고 하면 현대상가 바로 뒤편의 건물을 얘기하지만 대부분의 사람들은 을지로에 있는 대림상가까지를 세운상가로 뭉뚱그려서 부른다. 지금은 사라진 현대상가를 빼고 세운상가와 청계상가, 그리고 대림상가가 남아 있다.

일단 세운상가를 돌아보려면 대략 두 가지 코스로 접근할 수 있다. 하나는 버스를 타거나 도보로 종묘 앞까지 와서 현대상가를 철거하고 세운 '다시세운광장'을 거쳐서 세운상가로 들어가는 방식이다. 거기서부터 공중 복도를 이용해서 청계상가와 대림상가를 둘러볼 수 있다. 다른 하나는 반대로 가는 방식인데 을지로3가역이나 4가역에서 내려 대림상가를 둘러보고 반대로 세운상가까지 가는 것이다.

우리는 일단 세운상가 쪽부터 돌아보기로 했다. 상가는 내부를 제외하고는 대략 두 가지 루트가 있다. 하나는 1층의 상가들을 돌아보는 방식이고, 계단을 타고 3층으로 올라가서 돌아보는 방식이 있다. 요즘 새로 생긴 카페와 식당들은 주로 3층에 자리 잡고 있다. 1층은 전기용품을 파는 상점들이 많은 데다가 위층의 공중 통로 때문에 마치 지하처럼 어두침침하다.

현대상가가 사라지고 만들어진 '다시세운광장' 초입에는 조선시대 유적을 복원한 전시관이 있다. 전시관을 지나면 곧장 세운상가 1층으로 이어진다. 인도도 좁은 편이고 상점들이 내놓은 물건들 때문에 통행도 여의치 않다. 하지만 평상시에는 볼 수 없던 상점들을 볼 수 있고 바로 길 건너편으로 빛이 환하게 들어오는 특이한 경험을 할 수 있다. 그래서 나는 세운상가를 올 때마다 가급적 1층을 돌아보려고 한다.

「자전거 도둑」에는 수남이가 상점 문을 열고 빗자루로 골목길을 쓴 뒤 자전거로 배달을 나가는 장면이 나온다. 자전거로 배달을 나갈 때 계단을 내려간다는 표현이 없는 걸로 봐서 수남이가 일하는 상점은 1층이었을 것이다. 뒷길이라는 표현이 나오는데 그 뒤가 종묘를 기준으로 한 뒤쪽이라면 아마 세운상가보다는 청계상가나 대림상가일 가능성이 높다.

1층도 내부와 외부로 나뉜다. 상가 안쪽에도 복도를 사이에 두고 크고 작은 상점들이 모여 있다. 하지만 수남이가 일하는 상점에 한 짝씩 떼었다가 붙이는 빈지문이 있는 걸로 봐서는 외부에 있는 상점으로 보인다. 소설에서 돌풍에 간판이 날아가 지나가는 아가씨에게 상처를 입히는 바람에 빈지문을 치웠다는 내용이 나오는 걸 보면 1층 외부가 확실하다. 상점이 내부에 있었다면 비바람을 막는 빈지문이 있을 이유도 없고, 그걸 치울 이유는 더더욱 없기 때문이다.

1층은 앞서 말한 이유 때문에 대낮에도 어두컴컴하다. 그래서인지 간판들의 불빛이 눈에 더 잘 들어온다. 전기용품이나 조명 판매업체들이 많이 들어와 있는데 하나같이 오랜 세월을 뿜어내고 있었다. CCTV나 녹음 장비같이 일반인들이라면 잘 쓰지 않는 것들을 파는 곳들도 종종 보인다. 공중 복도가 처마처럼 튀어나와서 사실상 지붕 역할을 하지만 중간중간 환기창처럼 뚫어 놓은 공간이 있어서 그나마 빛을 느낄 수 있다. 수남이도 아침에 가게에서 일어나면 이런 풍경을 만났을 것이다. 대낮에도 어두침침하고 물건들이 마구 쌓여 있는 풍경들 말이다. 하지만 수남이에게 이곳은 삶의 터전이자 희망을 키우는 장소나 다름없다.

세운상가를 지나 청계천을 지나면 청계상가로 갈 수 있다. 이곳은 세운상가와 비슷하면서도 다른 모습이다. 업종이 좀 더 복잡해지고 바깥에 쌓아놓은 것들도 많아졌다. 또 하나 눈에 띄는 건 바로 에어컨 실외기다. 처음 설계하고 준공했을 때는 에어컨을 사용하리라고는 생각도 못했을 것이다. 그래서 실외기를 1층 위쪽에 설치할 수밖에 없어서 마치 간판처럼 나란히 서 있는 것을 볼 수 있다.

청계상가 1층

최근 세운상가는 복고 열풍을 타고 유명해지고 있다. 유명한 드라마의 무대가 되면서 찾는 사람도 많아졌다. 하지만 그들은 3층의 공중 복도만 스쳐 지나갈 뿐이다. 진짜 세운상가는 지하처럼 보이는 이곳 1층에 있는데 말이다.

수남이는 일찍 일어나 가게 문을 열고 골목길을 깨끗하게 쓴 다음 진열된 상품들을 정리하면서 하루 일과를 시작했다. 바람이 거세게 몰아칠 때면 간판을 날아가지 않게 안으로 들여놓고 덧대어 놓은 빈지문도 골목 옆으로 끼워 놓았다. 그리고 근처 소매상에서 주문받은 형광램프를 자전거에 싣고 배달을 나간다. 대림상가가 접해 있는 을지로 일대는 조명 관련 제품들을 취급하는 곳이 많다. 아마 그곳 중에 하나가 아니었을까 싶다.

수남이는 그곳에서 돈을 주지 않으려는 주인의 이런저런 핑계에 맞서서 버티기 전략을 써서 돈을 받는 데 성공한다. 하지만 그사이 밖에 세워둔 자전거가 바람에 넘어지면서 주차해 있던 차에 흠집을 내고 만다. 차 주인은 아무것도 모르고 떠나려는 수남이를 붙잡고 차가 긁혔으니 5천 원을 내놓으라며 으름장을 놓고는 자전거에 자물쇠를 채워버린다. 어쩔 줄 몰라 하는 수남이에게 몰려든 구경꾼들이 말한다. 그냥 자전거를 들고 도망가라고.

구경꾼들의 부추김에 수남이는 자물쇠가 채워진 자전거를 들고 도망쳐온다. 깊은 죄책감을 안고 말이다. 그런데 주인 영감 역시 잘했다며 손수 펜치를 가져와서 자전거에 감긴 자물쇠를 풀어준다. 그런 모습들을 보면서 수남이는 깨닫는다. 자신을 살갑게 대해주던 주인 영감 역시 좋은 어른은 아니라는 걸 말이다.

자신이 옳지 못한 행동을 했는데도 꾸지람하는 어른 하나 없다는 점을 수남이는 받아들이기 어려웠다. 수남이는 그런 주인 영감의 모습을 보고 실망한다. 그리고 그렇게 악착같이 떠나오려고 했던 고향으로 돌아갈 채비를 하는 것으로 소설은 끝을 맺는다. 그 과정에서 수남이가 이토록 불편한 감정을 느끼게 된 중요한 계기 하나가 밝혀진다.

| 형

바로 수남이의 형이었다. 고등학교를 졸업한 형은 출세할 것이라는 주위의 기대와는 달리 빈둥거리기만 하다가 어느 날 갑자기 돈을 번다고 서울로 떠났다. 지금이야 대학 졸업이 일상적인 일이 되었지만 1970년대는 고등학교조차 졸업하기 힘든 시절이었다. 모르긴 몰라도 학비를 마련하기 위해 온 가족이 애를 써야 가능했을 것이다.

하지만 그렇게 힘들게 고등학교를 졸업하고도 직업을 찾지 못하던 형이 불쑥 서울로 떠났다. 그리고 남은 가족들은 기다림의 고통을 겪는다. 2년 동안이나 감감무소식에 부모님은 기다림으로 지쳐갔다. 수남이도 갑작스럽게 떠난 형과 그 형 때문에 속

상해하는 부모님을 보면서 힘든 시간을 보냈다.

그러던 어느 날 떠날 때와 마찬가지로 갑작스레 형이 돌아왔다. 선물을 한 보따리나 들고서 말이다. 하지만 옷이랑 신발을 비롯해서 먹을 걸 잔뜩 싸들고 온 형의 표정은 밝지 않았다. 그 이유는 얼마 후에 밝혀진다. 읍내에서 도둑질을 했던 게 발각된 것이다. 경찰에 체포된 형은 도둑질을 한 양품점에서 수갑을 찬 채 범행을 재현한다. 형이 도둑질을 한 것은 기다리고 있을 가족에게 빈손으로 갈 수 없다는 생각 때문이었다.

서울이라는 도시는 모든 사람에게 기회를 공평하게 주지 않았다. 그럼에도 그 기회를 잡을 수 있다고 생각한 사람들은 불나방처럼 서울로 몰려들었다. 그러다가 모든 것을 잃고 돌이킬 수 없는 상처만 입은 채 고향으로 발걸음을 돌려야 하는 경우가 많았다. 형이 만약 고향을 떠나지 않았다면 체면치레를 위해 읍내에서 도둑질하는 일은 없었을 것이다. 그걸 가까이서 지켜봤던 수남이는 자신도 형처럼 될까 봐 겁이 났다. 그래서 서울을 떠나기로 했다. 자신을 채찍질해주고 부도덕한 삶을 살지 않도록 지켜줄 아버지가 있는 고향으로 말이다. 과연 수남이는 고향으로 돌아가서 행복하게 지냈을까? 적어도 한 가지 확실한 건 마음의 짐은 많이 덜었을 것이다.

어쩌면 세운상가는 세상의 운이 아니라 욕심이 모여서 만들어진 곳인지도 모르겠다. 박완서 작가는 이것을 정확하게 꿰뚫어보고 이 작품을 쓴 건 아니었을까.

오늘 밤 나와 함께 이 돈을 다 써주시오

「서울, 1964년 겨울」

by 김승옥

❧ 작품 소개 ❧

1965년 『사상계』에 발표된 김승옥의 단편소설로 제10회 동인문학상 수상작이다. '안'과 '김'은 선술집에서 합석해 의미 없는 이야기를 주고받는다. 자리를 옮겨 한 잔 더하려는데 옆에 있던 30대 중반의 한 남자가 자리를 함께할 수 없는지 묻는다. 셋은 중국집으로 향하고 남자는 자신의 사연을 털어놓는다. 오늘 낮에 급성뇌막염으로 아내가 죽었고 아내의 친정집을 알지 못한 그가 결국 세브란스병원 시체실에 4천 원을 받고 팔았다는 이야기였다.

그는 두 남자에게 오늘 밤 이 돈을 함께 다 써버리자고 제안한다. 중국집을 나온 이들은 갑자기 지나가는 소방차를 따라가보자는 사내의 말에 택시를 잡아탄다. 화재 현장에 도착한 사내는 뭔가에 홀린 듯 불속으로 가진 돈을 모두 던져버린다. 돈을 다 썼으니 돌아가보겠다는 두 남자를 붙잡고 남자는 오늘 밤만 같이 보내달라고 간청한다. 작가는 1960년대라는 격변의 시기 속에서 세 명의 등장인물이 벌이는 하룻밤의 이야기를 통해 문명사회로부터 소외된 현대인의 삶을 조망하고 있다.

소설의 제목이 장소와 시간이라니, 대충 지은 것 같으면서도 이처럼 직관적일 수 있을까? '서울, 1964년 겨울' 제목만 들어도 황량하고 썰렁한 무채색 도시가 풍경처럼 떠오른다. 물론 그 시대를 살아본 적이 없는 나로서는 어디까지나 상상이지만 말이다. 그런 이들을 위해 김승옥 작가는 친절하게 '그날 밤 그곳'의 풍경을 상세히 들려준다. 얼어붙은 거리에 차가운 바람이 부는 겨울, 장소는 밤이 되면 거리에 나타나는 선술집이다. 요즘은 선술집이라는 표현을 안 써서 잘은 모르겠지만, 펄럭이는 포장을 열고 안으로 들어선다는 것을 보니 아마도 포장마차가 아니었을까. 물론 요즘은 포장마차마저도 쉽게 볼 수 없는 것이 되었다. 게다가 메뉴에도 요즘은 볼 수 없는 것이 있다. 선술집에서 팔고 있는 참새구이다. 귀여운 참새를 먹는다는 사실이 놀라울 수도 있지만 조선시대에도 참새 요리에 대한 기록이 있을 만큼 참새는 예전부터 많이들 먹었다. 닭고기와 비슷한 맛이지만 가격에 비해 먹을 고기가 별로 없다는 이유로 점차 메뉴에서 사라졌을 뿐이다. 자, 차가운 바람을 피해 들어온 포장마차에서 이날 밤 무슨 일이 일어났을까.

하룻밤의 짧고 쓸쓸한 이야기

선술집에서 우연히 만나 옆자리에 앉은 두 남자가 인사를 주고받는다. 구청 병사계에서 근무하는 시골 출신인 '나'와 대학원생이며 부잣집 장남인 '안'은 스물다섯 동갑내기이다. 그리고 선술집에는 가난뱅이로 보이는 서른대여섯 살짜리 사내가 있다.

안과 나는 자기소개를 했지만 별로 할 얘기가 없다. 침묵이 흐르고 내가 얼른 가야겠다, 생각하는 찰나에 안이 묻는다.

"김형, 꿈틀거리는 것을 사랑하십니까?"

나와 안은 갑자기 신이 나서 이야기를 이어나간다. 코드가 잘 맞는 친구를 만났다는 듯 신이 난 두 사람은 "안형, 파리를 사랑하십니까?"와 같은 궤변을 한참 주고받는다. 이들은 자리를 바꿔 한잔 더하기로 하고 일어났다. 그때 옆에서 불을 쬐던 사내가 함께 가고 싶다고 말을 걸어왔다.

나와 안은 잠깐 마주 보고 나서 "아저씨 술값만 있다면…",

"함께 가시죠." 하고 말을 이었다. 사내는 저녁을 사겠다며 중국 요릿집으로 데려갔다. 저녁을 먹은 뒤라 괜찮다는 두 사람에게 간곡하게 뭘 좀 먹으라고 권하면서 말했다. "돈을 써버리기로 했으니까요." 하면서 사내는 사연을 늘어놓기 시작했다.

사실 사내는 그날 낮에 아내를 잃었다. 급성뇌막염으로 입원해 있던 아내가 죽은 것이다. 사내는 아내의 친정이 대구 근처에 있다는 것만 들었지 왕래가 없었던 터라 어딘지 몰랐다. 그래서 결국 시체를 해부용으로 병원에 팔고 돈 4천 원을 받았다. 아내의 시체를 확인해보고 싶었지만 시체실을 몰라 세브란스병원 울타리 옆에 앉아 병원 굴뚝만 한참을 바라보다 선술집에 들어왔고, 안과 김을 만난 것이다.

이야기를 마친 사내는 말했다.

"기분 나쁜 얘길 해서 미안합니다. 다만 누구에게라도 얘기하지 않고서는 견딜 수 없었습니다. 한 가지만 의논해보고 싶은데 이 돈을 어떻게 하면 좋을까요? 저는 오늘 저녁에 다 써버리고 싶은데요."

이들은 사내의 돈을 다 쓸 때까지 함께 있어 주기로 한다.

중국집에서 나왔을 때는 모두 취해 있었고 돈은 천 원이 없어졌다. 그들은 양품점으로 들어가 넥타이를 사고 귤 수레에서 귤을 사며 돈을 썼다. 그러고는 택시를 불러세웠고 사내는 세브란스를 외쳤다. 안은 이제 세브란스로 가봐야 소용없다고 말했다. 어디로 갈지 모르는 그들을 운전사는 쫓아냈다.

그때 소방차 두 대가 앞을 지나쳐갔다. 사내는 택시를 잡아타 면서 소방차 뒤를 따라가달라고 말했다. 페인트 가게에서 뿜어 져 나오는 불을 구경하며 안과 나는 한담을 나눴다. 갑자기 사내 가 환한 불길 속을 가리키며 소리쳤다.

"내 아내가 머리를 막 흔들고 있습니다. 골치가 깨질 듯이 아 프다고 머리를 막 흔들고 있습니다. 여보…."

하지만 안은 사내를 끌어앉히며 말했다.

"골치가 깨질 듯이 아픈 게 뇌막염의 증세입니다. 그렇지만 저 건 바람에 휘날리는 불길입니다. 앉으세요. 불속에 아주머님이 계실 리가 있겠습니까?"

그때 사내가 불 속에 돈을 던졌다.

"결국 그 돈은 다 쓴 셈이군요…. 자 이젠 그럼 약속이 끝났으 니 우린 가겠습니다."

두 사람은 사내에게 인사를 하고 자리를 뜨려고 했다. 그때 사 내가 안과 나의 팔을 한쪽씩 붙잡고 말했다.

"나 혼자 있기가 무섭습니다. 오늘 밤만 같이 지내주십시오."

사내는 여관비를 구할 데가 있다며 따라오라고 했다. 근처의 한 골목으로 찾아간 그는 어느 집 대문을 두드렸다. 안에서 어 떤 이가 나와선 주인아주머니와 주인아저씨가 주무신다고 말하 며 내보냈다. 그러자 사내는 월부 책값을 받으러 왔다며 비명 같 은 소리를 외쳤다. 그러고는 "월부 책값을 받으러 온 사람입니 다. 월부 책값…"하며 흐느꼈다. "내일 낮에 오세요." 대문이 탁

닫혔다. 한참 울던 그는 두 사람에게로 돌아갔고, 그들은 여관으로 갔다. 여관에서 안은 각자 방을 잡자고 했다. 사내는 혼자 있기 싫다고 했지만 안은 완고했다. 세 사람은 나란히 붙은 방으로 각자 들어섰다.

다음 날 일찍 안이 나를 깨웠다. "방금 그 방에 들어가 보았는데 역시 죽어버렸습니다." 김이 답했다. "역시…." 둘은 급히 방을 떠났고 그 길로 헤어진다.

서울 1964년은 어땠는가?

1960년대 서울은 어떤 모습이었을까? 전쟁이 끝나고 10년이 지났는데도 적색공포와 가난이 한국을 뒤덮고 있었다. 그리고 오랜 독재정권이 자리하고 있었다. 부패한 정부에 대한 시민들의 불만은 커졌고 1960년 학생들은 정부의 불법적 선거 개입을 반대하는 시위를 벌이기 시작했다. 마산에서 시민 수천 명이 개표장 근처에서 시위를 벌이자 경찰이 시민들에게 최루탄을 발포하면서 유혈사태가 일어났다. 이때 최루탄에 맞아 숨진 고등학생 김주열의 시신이 한 달 뒤 바다에서 발견되면서 분노한 시민들의 시위가 전국으로 퍼져 나갔다. 그해 4월에는 공분한 대학생들이 시위에 나선 4·19혁명이 일어났다. 정부는 이날 계엄령을 선포했고 하루에만 100여 명이 넘게 사망했다. 지난한 민주화 운동의 끝에 결국 부패했던 이승만 정권은 쫓겨났다. 그리고 그 자리에 박정희 군부가 들어섰다. 드디어 민주화에 이르렀다고 생각한 시민들에게 다른 바 없는 군사정부가 들어선 것이다. 이후 1964년 6월 3일에는 한국과 일본의 수교에 반대하고 정권의 퇴진을 요구하는 시위인 6·3항쟁이 일어났다. 정부는 또다시 비상계엄과 휴교령으로 탄압했다. 정치적으로는 가장 어둡고 살벌한 시기였다.

경제적으로는 어땠을까. 박정희는 1962년 한국 최초의 경제개발5개년계획을 추진했다. 이 소설의 배경이 된 1964년은 군사독재가 시작된 해인 동시에 산업화가 본격적으로 시도된 해이다. 경제적으로는 비약적인 성장이 일어났다. 궁금해서 1960년대 서울의 사진을 찾아보았다. 종로와 명동과 같은 서울 시내 중심지는 전차가 다니고 화려한 극장이 들어서 있는 번화한 모습이다. 하지만 당시 용산에는 여전히 시골처럼 개울가에서 빨래하는 빈민촌이 있었고, 한남동에는 새까만 판잣집들이 빼곡하게 붙어 있었다. 하지만 논밭은 이내 시멘트와 철강으로 거듭났고, 서울은 화려함과 혼돈이 교차했다. 부자와 가난뱅이가 공존하는, 화려하지만 춥고 험난한 곳이었다.

남의 집 숟가락 개수까지 알던 시골생활과는 달리 각박해진 서울에서는 누구도 선뜻 남에게 관심을 갖고 도움을 주지 않았다. 물질이 중요해지고 성공 가도에 오르는 것에만 관심을 가졌다. 그런 가운데 정치적 이야기나 개인적인 이야기에 대해서는 모두들 함구하기 시작했다. 소설의 안 역시 이야기를 꺼내다 입을 다문다.

"어떤 꿈틀거림이 아닙니다. 그냥 말입니다. 예를 들면… 데모도…."

안의 말처럼 '서울은 모든 욕망의 집결지'였다. 모두가 진실을 보고도 입을 꾹 다물었다. 소설이 묘사한 대로 전봇대에 붙은 광고에서는 이쁜 여자가 '춥지만 할 수 있느냐'는 듯한 쓸쓸한 미소로 내려다보고 있고, 빌딩 옥상에서는 소주 광고의 네온사인이 열심히 명멸하고 있다. 도시에 사는 사람들은 도시로부터 소외되기 시작했다.

천재 소설가 김승옥

김승옥 작가는 훗날 "1960년대를 고려하지 않는다면 내가 써낸 소설들은 한낱 지독한 염세주의자의 기괴한 독백일 수밖에 없을 것이다."라고 말했다. 김승옥 작가는 급속한 도시화와 그 안에서 소외되는 현대인들에 관해 썼다. 1960년대의 격변기를 온몸으로 맞았고 이는 소설에 고스란히 묻어났다.

그는 1941년 일본 오사카에서 태어났다. 이후 한국으로 건너왔고, 아버지는 초등학교 1학년 때 여순사건에 휘말리면서 산으로 사라졌다. 남달랐던 어머니가 사업을 벌이면서 열심히 키운

덕에 그는 가난에도 불구하고 서울대 불문과에 들어갔다. 입학하자마자 4·19혁명을 겪는다.

당시 한국의 학력은 점점 높아지기 시작했다. 고등학교, 대학교의 학생 수가 네 배나 증가하면서 공부깨나 한다는 아들들이 서울로 모여들었다. 하지만 일자리는 충분하지 않았다. 무직의 남학생들은 다방에 모여 앉아 글을 읽고 쓰면서 세상을 논했다. 정치적으로, 문학적으로 성장하는 환경에서 이 집단은 세상에 대한 불만이 쌓여가고 있었다. 김승옥 작가도 그런 젊은이 중 하나였으리라.

문학을 좋아했지만 작가가 되고 싶었던 것은 아니었다. 하지만 군대 가기 전에 등록금이나 벌 수 있을까 하여 써본 단편 「생명연습」이 『한국일보』 신춘문예에 당선되었다. 1964년에는 「무진기행」으로 스타 작가가 되었다. 당시 겨우 스물세 살이었던 김승옥의 작품에 문단은 충격을 받았고 큰 화제가 되었다. 그리고 이듬해 이 작품, 「서울, 1964년 겨울」은 그에게 동인문학상을 안겼다. 이렇게 그의 모든 소설은 20대 초반에 탄생했다. 같이 문학을 즐겼던 친구들인 김현, 이청준 등도 훗날 모두 등단을 하고 유명 작가가 되었으나 그는 짧은 시간 많은 명작을 남기고 깊은 인상을 남겼다. 정말이지 문학적으로 천재적인 청년이었다.

그러나 김승옥 작가는 소설을 오래 쓰지 않았다. 광주사태에 대한 분노로 더 이상 소설을 쓸 수 없다고 했다. 대신 그는 충무로 영화계에서 활약했다. 자신의 소설인 「무진기행」을 각색해

「안개」, 「황홀」이라는 제목으로 시나리오를 쓰기도 하고, 김동인의 「감자」를 직접 각색해 영화를 감독하기도 했다. 「영자의 전성시대」, 「겨울여자」, 「도시로 간 처녀들」의 시나리오를 각색해 흥행하기도 했다.

이후로 그의 소설이 나오지 않았다는 점은 아쉽지만 「무진기행」은 한국인들이 가장 사랑하는 소설의 반열에 올랐고 많은 이들이 필사를 하며 그의 섬세한 문체를 닮고자 했다. 또한 지금 읽어도 공감할 수밖에 없는 시대정신을 잘 담고 있다.

작가의 고향인 순천에는 김승옥 문학관이 생겼는데, 한쪽에 집필실이 있어 작가가 자주 찾아 글을 쓴다고 한다. 순천에 간다면 꼭 한번 작가를 만나보고 싶다.

신촌 거리를 쫓아

김승옥 작가는 「서울, 1964년 겨울」을 희곡작가 오태석 부부의 신촌 단칸방에서 썼다고 한다. 그래서일까. 이 소설 속의 선술집은 신촌의 어드메였을 것 같다. 아내가 누워 있을 시체실을 알 방도가 없어 세브란스병원 울타리 옆에 앉아 하염없이 병원의 굴뚝만 쳐다보던 사내가 힘없이 어슬렁어슬렁 선술집을 찾았으니 병원에서 멀리도 못 갔을 것이다.

사내의 발자취를 좇아 우리 일행은 쌀쌀해지기 시작한 겨울

날 세브란스병원을 찾았다. 커다란 대학병원은 으레 위압감을 주기 마련이지만 언덕 위에 서 있는 세브란스병원은 특히 더 그러하다. 어쩐지 바닥보다는 하늘에 더 닿아 있는 느낌이다. 마침 독수리약국과 독수리다방이 있던 자리에는 높은 빌딩이 올라가 8층에서 병원을 나란히 보고 있다. 옛날 다방의 그 이름과는 어쩐지 어울리지 않는다는 어색한 기분으로 8층에 있는 독수리다방을 찾았다. 테라스에 나가니 노을이 지면서 묵묵한 병원 뒤로 어둠이 내려앉고 있었다. 병원을 보며 하릴없이 막연하고 막막했을 사내의 뒷모습이 그려졌다.

이왕이면 선술집도 따라가보고 싶은데 이제 신촌에서 포장마차를 찾기란 쉽지 않다. 오늘날의 독수리다방처럼 높은 빌딩들이 그 자리를 대체했을 뿐만 아니라 신촌이란 동네 자체가 썰렁해졌기 때문이다. 연세대학교 캠퍼스가 송도로 이전함과 동시에 유흥의 중심지가 홍대로 넘어가면서 한때 대학생으로 붐볐던 거리는 이제 빈 가게만 늘고 적막하다 못해 거리가 온통 늙어버린 느낌이다. 우리는 대신 중국요릿집에 들어섰다.

사내와 안과 김은 선술집에서 중국집으로 자리를 옮기고 중국집을 나와서는 넥타이를 하나씩 맨 채 귤 수레에서 귤을 산 후 택시를 타고 소방차를 좇아 남영동으로 넘어갔다. 서울역에서 1호선을 따라 용산 방향으로 한 정거장 가면 남영동이다. '남영동' 하면 고문으로 무고한 사람들이 많이 희생된 '대공분실'

독수리다방에서 바라본
세브란스병원(위)과 신촌 전경(아래)

오늘 밤 나와 함께 이 돈을 다 써주시오

이 떠오른다. 실제로 1970~80년대 민주화항쟁을 하던 많은 이들이 희생을 치렀다. 하지만 이 소설이 쓰인 1960년대와는 크게 관련이 없다.

남영동은 아주 최근까지도 시대를 따라가지 못한 낡은 동네였다. 나는 남영역으로 들어가는 낮은 터널을 지날 때면 과거로 들어가는 듯한 느낌을 받는다. 고불고불한 골목길을 따라 맛집도 여럿 보이지만 마치 길을 잃어버릴 것처럼 깊이 나 있는 골목길 안으로 옛날 오래된 집들이 아직 많이 남아 있다.

여기 어딘가에서 사내는 월부 책값을 받으러 문을 두드렸으리라. 나는 사내가 월부 책값을 달라고 외치며 흐느끼는 장면이 가장 마음이 아프다. 종일 채 울지도 못한 사내가 얼마나 울고 싶었을까. 사내의 등 한 번 두드려주지도 못한 채 그들은 남영역 근처의 어딘가 여관에 들어갔다. 여전히 그 여관이 남영동 어디에 있을 것만 같다.

안과 김의 의미 없는 대화

이 소설의 서사는 이토록 짧은 하룻밤의 일을 다루고 있다. 소설의 상당 부분을 안과 김의 하등 의미 없는 대화로 이어나간다.

"안형, 파리를 사랑하십니까?"

"아니오. 아직까진…. 김형은 파리를 사랑하세요?"

"예. 날 수 있으니까요. 아닙니다. 날 수 있는 것으로서 동시에 내 손에 붙잡힐 수 있는 것이니까요. 날 수 있는 것으로서 손안에 잡아본 것이 있으세요?"

처음에는 프랑스 파리를 말하는 줄 알았는데 날아다니는 미물인 파리에 대해 이토록 진지하게 얘기하다니. 이들의 대화는 뜬구름 같다. 대화의 주제가 두 사람 누구와도 관계가 없다. 소위 아무 말 대잔치다.

그러고 보면 요즘도 마찬가지다. 점점 사적인 영역에 관해서 묻는 게 실례가 되면서 애인이 있는지 주말에 뭘 했는지 묻는 게 금기시되고 있다. 물론 누군가를 판단하고 재단하기 위한 질문이라면 불쾌할 수 있겠지만 그런 게 아니라면 서로를 깊이 알아가는 대화로부터 멀어진다는 생각이 든다. 대화가 진짜 의미를 가지려면 최소한 상대방이 어떤 상황에서 무슨 맥락의 이야기를 하는지 이해할 수 있어야 하지 않을까. 이를 알지 못하고서는 의미 있는 경험의 교환이 이루어지지 않는다. 대화가 아니고 서로 독백을 하고 있을 뿐이다.

안과 김은 사내의 모든 사정을 알고도 철저하게 무시한다. 사내가 '역시' 죽은 것을 확인하고 안은 말한다. 사내가 죽을 것을 알았다고 말이다. 죽을 것을 알면서도 내버려두다니 얼마나 잔인한 일인가. 이토록 다른 사람의 불행에 대해서 무관심할 수 있을까.

도시의 모든 것은 익명성을 띤다. 마치 아파트의 호수처럼 표준 속에 숨어 있다. 그래서 이들의 서로에 대한 호칭도 '안형', '김형'과 같다. 또 여관 숙박부에 적은 거짓 이름과도 같다. 이런 익명은 개인의 생활을 보장해주는 동시에 누구든지 소외시킨다. 서로에 관한 관심을 소거한다.

'서울, 2023년 겨울'은 어떠할까. 소설이 쓰인 지 50여 년이 지났지만 지금 읽어도 낯설지가 않다. 지금은 도시에 온라인 세상이 더해졌다. 이것은 익명성과 고독, 소외를 더욱 강화시킨다. 우리는 오늘도 얼마나 의미 없는 대화 뒤에 숨어서 외로움을 호소하고 있을까. 우리의 무관심 속에서 오늘도 얼마나 많은 사내가 소리 없이 스러져가고 있을까.

영어 공화국

「미스터 방」

by 채만식

❖ 작품 소개 ❖

백 주사는 일본의 앞장이 노릇을 하던 아들 덕에 배를 불려오다 광복 후 모든 재산을 빼앗기고 방삼복의 집을 찾아 자신의 억울함을 호소한다. 뼈대 있는 백 주사와는 달리 방삼복의 집안은 허접하기 그지없었다. 스무 살이 훌쩍 넘도록 남의 집 머슴으로 일하던 그가 돈을 벌기 위해 일본과 중국으로 떠났다가 몇 해 전쯤 허름한 차림으로 다시 고향에 나타났다. 이후 경성으로 올라와 중국 상해에서 어깨너머로 배운 영어로 연합군 포로수용소에 일자리 하나를 얻는다. 하지만 얼마 가지 못하고 신발을 고쳐주는 신기료장수로 나서는 사이 해방을 맞는다. 방삼복은 바뀐 세상을 빨리 알아보았다. 그는 양복을 빼입고 미군 물색에 나선다. 미군의 통역관을 자처하기 위해서다. 마침 담뱃대를 사려는 S소위를 만나게 되고 짧은 통역을 해주면서 그의 운명은 확 바뀐다. 일명 출셋길에 오른 것이다. 방삼복에서 미스터 방으로 신수가 훤해진 그를 백 주사가 알아보고 찾아온 연유는 이러했다. 그는 과연 자신이 원하는 것을 미스터 방을 통해 이루었을까. 작품은 해방 후 미군정 시기에 권력에 아부하며 기회주의적인 태도를 취하는 인물들을 풍자적으로 비판하고 있다.

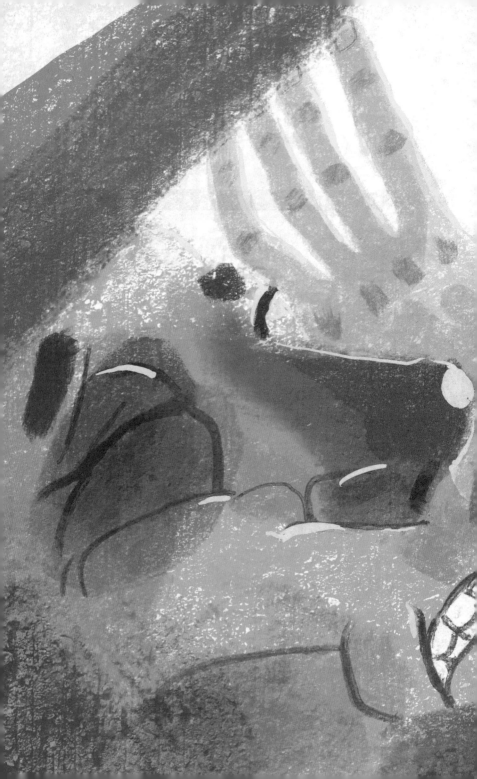

벼락출세

벼락출세라는 말은 글자 그대로 벼락처럼 출세했다는 것을 의미한다. '개천에서 용났다'는 말과 비슷한데 후자는 개인의 노력이 뒷받침되어야 한다는 뉘앙스가 풍기는 반면, 벼락출세는 별다른 노력 없이 갑자기 신분이 상승한 것만 같은 느낌을 준다. 사실 성공하거나 부자가 되기 위해서는 노력뿐만 아니라 행운이 따라줘야 한다. 그래서 별 생각 없이 했던 선택이나 행동이 성공을 가져다줄 때 우린 벼락출세라는 말을 쓴다. 영어는 그런 벼락출세를 가져다주는 것 중 하나였다.

한말(대한제국의 마지막 시기)의 정치인이자 친일파대신이었던 이하영은 양반의 후손이었지만 그가 태어났을 때는 가세가 기울대로 기울어 있었다. 그는 기를 쓰고 돈을 모아 어느 정도 성공을 이루었지만 일본에서 사기를 당하는 바람에 무일푼으로 귀국한다. 귀국길에 오른 배에서 그는 우연히 선교사 알렌을 알게 되고 이것이 그의 인생을 극적으로 바꿔놓는다. 알렌을 따라 한양으로 건너가 미국공사관에서 일할 기회를 얻은 것이다.

그는 당시 알렌을 비롯해 미국공사관 직원들의 통역을 해주다가 주미공사관의 통역관으로 가게 되고 이를 발판 삼아 외무대신까지 오른다. 대한제국이 멸망한 이후에는 고무신 공장을 차리고 기업가로 지내다가 1929년 세상을 떠난다. 지금 기준으로는 기껏해야 초급 영어를 할 줄 안다는 이유로 엄청난 재력을 손에 넣으며 출셋길에 들어선 것이다.

채만식이 광복 이후 미군정 시기인 1946년 7월에 발표한 단편소설 「미스터 방」에서도 이화영과 같은 인물이 등장한다. 일명 '미스터 방'으로 불리는 방삼복이 그 주인공이다.

이야기는 그에게 억울함을 호소하러 온 백주사의 시선에서 시작된다. 뼈대 있는 집안 출신인 백주사와는 달리 방삼복의 집안은 허접하기 그지없었다. 증조부 때 타향에서 와서 조부가 고을 아전을 하고 아비는 짚신 장수였다. 그런 집안에서 태어난 방삼복은 스무 살이 훌쩍 넘도록 남의 집 머슴으로 일했다. 조선 후기에 등장한 머슴은 노비가 아니라 새경을 받는 노동자였다. 고공이나 공인으로도 불린 머슴은 도망 노비들이 많아진 조선 후기에 그들을 대체하는 존재였다. 주로 몰락한 농민들이 머슴이 되었는데 신분상 주인에게 종속된 상태는 아니었다. 하지만 주인집에 머물면서 농사를 비롯한 잡다한 일을 했기 때문에 사회적인 위치는 매우 낮았다. 백주사의 독백에서도 알 수 있듯이 남의 논밭을 빌려서 농사를 짓는 소작농보다도 못한 처지였다.

그런 방삼복이 어느 날 갑자기 무슨 바람이 불었는지 돈을 번답시고 처자식을 부모에게 맡겨놓고 일본으로 건너가버렸다. 열두 해 전이라고 했으니까 1930년대 중반의 일이다. 그렇게 몇 년째 연락이 없다가 중국 상해로 옮겼다는 연락이 왔고 3년 전쯤 허름한 차림으로 고향에 다시 나타났다. 비록 서양식 옷을 입었지만 양복은 다 해졌고 구두는 구멍이 난 채였다. 무명으로 된 고의적삼을 입고 떠났을 때와 별로 달라진 게 없는 모습이었다. 그렇게 고향으로 돌아온 그는 1년 동안 빈둥거리다가 이번에는 처자식을 데리고 경성으로 올라간다. 대략 1944년즈음이 아니었을까.

경성으로 올라간 방삼복은 현저동에 허름한 방 하나를 얻어 가족과 지낸다. 박완서 작가가 쓴 『그 많던 싱아는 누가 다 먹었을까』에서 어린 완서가 박적골을 떠나 자리 잡은 바로 그 현저동이었다. 그만큼 현저동은 타지에서 온 가난한 사람들이 터를 잡고 살던 동네였다. 방삼복은 현저동에 살며 용산에 있는 연합군 포로수용소에서 일자리 하나를 얻는다. 상해에 머물던 시절 어깨너머로 배운 영어를 이용해서 얻은 직업이었다.

연합군 포로수용소는 지금의 서울 지하철 1호선 남영역 근처에 있는 신광여자고등학교에 있었다. 원래 일본인이 운영하는 방직공장이었다가 동남아전선에서 생포한 미군과 영국군을 비롯해 연합군 포로들을 감금하는 곳으로 바뀌었다. 동남아에서 붙잡은 연합군 포로들을 경성까지 데리고 온 이유는 대략 두 가지로 보인다. 하나는 식민지 조선인들에게 일본군의 위용을 뽐내기 위해서다. 그들은 포로들을 일종의 동물원의 원숭이마냥 전시했다. 다른 하나는 방패막이로 삼기 위해서다. 당시 용산은 일본군 부대가 주둔했고 경부선을 비롯한 각종 철로들이 오가는 교통의 요충지였다. 일본은 미군이 이곳을 함부로 공격하지 못하도록 이들을 소위 방패막이로 삼았다. 태평양전쟁 초기에 일본은 필리핀을 비롯한 인도네시아와 싱가포르, 홍콩을 파죽지세로 점령했으며 항복한 미군과 영국군 포로들이 많았다. 경성까지 끌려온 그들은 경성 일대에서 강제노역에 시달렸는데 이 역시 조선인들에게 보여주기 위한 것이었다. 하지만 무슨 이유에선지 방삼복은 들어간 지 얼마 되지 않아 그곳에서 잘리고 만다.

방삼복에서 미스터 방으로

일자리를 잃은 방삼복은 상해에서 배운 기술을 이용해 신발을 고쳐주는 신기료장수로 나선다. 길거리에서 남의 구두를 고쳐주는 그의 모습은 금세 고향 사람들의 귀에 들어가고 한참 동안 조롱의 대상이 되었다. 특히 아비가 짚신장수였다는 이유로 '부전자전이네', '신발 명당에 무덤을 썼네' 심한 말들이 오갔다. 아직 신분제가 해체되지 않고 직업에 귀천이 존재하던 시기였다.

하지만 이후 방삼복의 운명은 급격하게 바뀐다. 광복 이후 미군이 진주하자 상해에서 배운 토막 영어와 연합군 포로수용소에서 일한 경력을 내세워 미군 S소위에게 접근한 것이 발단이 되었다. 그는 있는 돈 없는 돈을 끌어모아 모자에 양복까지 빼입고 미군 물색에 나선다. 마침 담뱃대를 사려는 미군 S소위에게 접근해 통역을 해주었고 그 길로 S소위의 개인 통역관이 되었다. 주급 15달러를 받는 조건으로 말이다. 이로써 방삼복의 운명은 한말의 이하영처럼 확 펴졌다.

그는 현저동을 나와 광복 전 일본은행 중역의 사택이었던 2층집으로 거처를 옮긴다. 1층이 양식, 2층이 일본식으로 꾸며진 그럴듯한 집이었다. 정원에는 꽃과 나무가 심어져 있고 연못에는 한가로이 잉어가 놀고 있다. 식모에 침모까지 두고 이후에는 심부름할 계집아이도 하나 따로 뒀다. 한 달에 60달러로 이 모든 게 가능했을까? 천만의 말씀. 미군정에 줄을 대기 위해 그를 찾아온 사람들은 대개 빈손이 아니었다. 방삼복이 미스터 방으로 벼락출세를 하게 된 건 바로 그의 집을 뻔질나게 드나드는 손님들이 있었기에 가능했다.

아들이 일본 경찰이었던 탓에 광복 이후 동네 주민들에게 재산을 다 빼앗긴 백주사가 미스터 방을 찾은 것도 바로 이런 연유에서였다. 자신의 재산을 빼앗고 모욕을 줬던 놈들에게 복수를 하기 위해 정작 그는 자기 아들이 7년 동안 일본 경찰로 있으면서 수백 마지기의 땅뿐 아니라 상납이나 뇌물, 물자를 빼돌려 모은 것이 분명했던 수만 원의 돈과 패물은 당연한 것으로 여겼다. 그렇게 모은 돈으로 땅을 사서 소작료를 무려 8할이나 받고 거드름을 피웠다는 것 또한 까맣게 잊었다.

과연 미스터 방은 실제로 미군들에게 그만한 영향력이 있었을까? 소설에서는 자기 말 한마디면 다 해결될 것처럼 거드름을 피우지만 현실은 그렇게 호락호락할 리 없었다. 하지만 불행하게도 그런 게 될 거라고 믿던 시대였다. 영어를 좀 한다는 이유만으로 방삼복이 미스터 방이 된 것처럼 말이다. 백주사는 방삼복이 흔쾌히 부탁을 들어주자 화색이 돈다. 이제 그는 방삼복의 든든한 백을 등에 업고 고향으로 내려가 동네 주민들에게 혼쭐을 내주고 빼앗긴 재산을 되찾을 수 있다는 헛된 희망에 부푼다.

방삼복이 현저동에서 새로 이사했다는 2층집은 과연 어디에 있었을까? 위치는 정확하게 모르지만 대략 두 군데 정도 눈에 띄는 곳이 있다.

그중 하나는 서촌에 있는 박노수 가옥이다. 이 건물은 원래 친일파 윤덕영이 자신의 딸과 사위를 위해 지은 거대한 저택 벽수산장이다. 이후 박노수 화백이 사들여서 지내다가 사후에는 미

서촌에 있는 박노수 가옥

술관으로 탈바꿈했다. 내부 구조와 정원 구조가 소설에서 나온 것과 유사하다. 1층은 벽난로가 있는 서양식이고 2층은 다다미가 깔린 일본식이다. 화양절충식이라고 부르는 이 건축양식은 일본에서 유행했고 식민지인 조선으로 그대로 옮겨왔다. 정원에는 각종 조각품과 꽃나무들이 심어져 있고 옆으로 돌아가면 작은 연못에 잉어가 노닐고 있다.

채만식은 군산에서 태어나 경성에 있는 중앙고등보통학교를 나왔다. 일본 유학 후에는 다시 경성으로 돌아와서 『동아일보』 기자로 일하다가 작가로 등단한다. 그는 꽤 오랫동안 경성에서 지냈고 박노수 미술관이 된 윤덕영 사위 부부의 저택이 있는 서촌은 『동아일보』가 있는 광화문 사거리에서도 가까운 거리였다.

고종의 길에 있던 조선저축은행 중역 사택

따라서 직접 가보지는 않았다고 해도 어느 정도 소설을 쓰는 데 참고했을 수는 있다.

한군데 더 떠오른 곳이 있다. 예전 미국대사관저였다가 지금은 고종의 길로 개방된 조선저축은행 중역의 사택이다. 이 건물도 2층으로 지어졌고, 내부는 보지 못했지만 전시된 사진을 보면 응접실이 있는 걸 확인할 수 있다. 적산가옥으로 불하를 받았다면 이런 건물일 가능성도 있다.

그렇다면 방삼복은 어떻게 S소위와 가까워진 걸까? S소위에 대한 얘기는 소설에 자세히 나와 있지 않다. 하지만 담뱃대를 사려다가 방삼복을 만난 것이나 경복궁과 탑골공원을 돌아다니는 것만 봐도 S소위는 동양문화에 꽤 관심이 많았던 듯하다. 그가 미스터 방에게 지급한 통역비는 주급 15달러로 한 달에 60달러 정도 된다. 1949년 무렵 미군 이등병의 월급이 대략 80달러가 조금 넘고 초급 장교가 200달러 이상이라는 점을 감안하면 적지 않은 금액이다. 방삼복을 데리고 찾은 탑골공원에서 S소위는 사리탑을 구경하며 얼마나 오래된 것이냐고 묻는다. 역사에 무지했던 방삼복은 대략 2천 년이라는 뜻의 '투사운전도 이얼스'라고 답한다.

탑골공원은 한때 노인들의 천국이었다. 예전에 이곳을 드나들면서 노인들을 인터뷰한 적이 있었다. 중간에 중단되긴 했지만 지금도 탑골공원에 가면 '정글' 같던 그곳에서 각자의 사연을 가지고 배회하던 노인들이 떠오른다. 탑골공원은 이곳을 찾은 노인들만큼이나 사연이 깊은 곳이다.

이곳은 원래 세조가 만든 원각사가 있던 자리였다. 하지만 연산군이 없애버리고 흥청과 망청들 같은 기생들을 위한 공간으로 만들었다. 연산군이 쫓겨난 이후에도 원각사는 돌아오지 못하고 다른 용도로 쓰이다가 서구식 공원으로 조성된다. 대한제국이 서양 도시에 가면 반드시 볼 수 있는 공원을 만들기로 하고 이곳을 낙점한 것이다.

이곳은 아직 남아 있는 원각사지십층석탑 때문에 '탑골'이라는 이름이 붙었다. 대한제국 시절에는 황실 군악대가 대한제국 애국가를 연주하기도 하고, 운동회를 비롯해서 여러 행사가 열

탑골공원 팔각정

렸다고 한다. 무엇보다 3·1만세운동이 일어난 곳이기도 하다. 특히 독립선언서를 이곳에 있는 팔각정에서 처음 낭독했다.

탑골공원은 생각보다 넓지 않아 금방 돌아볼 수 있다. S소위가 보고 감탄했을 원각사지십층석탑은 계속되는 오염과 산성비를 막기 위해 거대한 유리 케이스 안에 들어갔다. 오랜 역사를 자랑하고 중요한 역사적 사건들이 일어난 장소로 유명하지만 의외로 낯설다는 느낌을 지울 수 없다. 어쩌면 등잔 밑이 어두운 것처럼 너무 가까이 있어서 친숙하지 못했던 것일지도 모르겠다.

그다음 목적지인 경복궁으로 나서기 위해 탑골공원을 나섰다. 탑골공원의 담장을 따라 노인들이 장기와 바둑을 두는 모습이 보였다. 바로 뒤편은 노인들을 위한 공간처럼 되어버린 낙원

상가가 있다. 탑골공원이 있는 이곳은 한때 서울의 유일한 번화가였지만 지금은 쇠락할 대로 쇠락한 흔적을 어렵지 않게 찾을 수 있다. 오가는 사람들의 연령대는 홍대나 압구정보다 두 배는 많고 활기는 그에 반비례해 보이지만 아직도 종로에는 특유의 활기가 감돈다.

YMCA건물을 지나서 조금 더 걷다 보면 화신백화점이 있던 자리에 세워진 도넛 모양의 종로타워를 볼 수 있다. 종로타워를 끼고 있는 종각역 사거리엔 그야말로 역사적인 흔적들의 수장고이다. 한쪽에는 오가는 사람들을 앉은 채 내려다보는 녹두장군 전봉준의 동상이 있고, 이순신 장군이 백의종군 길을 떠난 출발지라는 표지석도 보인다. 교차되는 이 거리로 얼마나 많은 역사들이 강물처럼 흘러갔을지 상상도 미치지 않는다. 광화문 쪽으로 가보면 그런 흔적들과 더 많이 마주친다. 종로는 조선시대 상업과 행정의 중심지였다. 그래서인지 땅을 팠다 하면 역사의 흔적들을 심심치 않게 볼 수 있다. 종로타위 뒤편의 센트로폴리스 빌딩도 공사 중에 유적들이 너무 많이 나와 별도의 전시관을 만들었다. 그 밖에 새로 지어진 빌딩들은 모두 유물이 있었던 흔적을 작게나마 남겨놨다.

종로가 그나마 걷기 편하다면 광화문 광장 쪽은 걷기에 영 불편하다. 광장이 마치 섬처럼 떨어져 있어서 그곳을 통해 광화문으로 가려면 횡단보도를 여러 개 지나야 한다. 양옆의 인도 역시 지나치게 좁다. 특히 미국대사관 쪽은 경비를 서는 경찰과 시위

경복궁 경회루

대들 때문에 더욱 복작였다. 이순신 장군과 세종대왕이 나란히 서 있는 섬 같은 광장을 지나면 광화문이 보인다. 아마 S소위가 방삼복을 데리고 다녔던 시절에는 조선총독부가 자리 잡고 있어서 광화문이 아니라 경회루를 보았을 것이다. 경복궁의 정전인 근정전 서쪽에 있는 경회루는 처음 지어질 때는 이 정도 크기가 아니었다고 한다. 태종 때 연못을 크게 확장했고 성종 때 경복궁을 대대적으로 다시 지으면서 경회루도 확장되었다. 2층 누각을 올리고 아래의 돌기둥에 꽃과 용을 새겼다. 하지만 임진왜란으로 불타 사라졌다가 흥선대원군 때 다시 중건되었다. 이때 복원된 경회루가 지금 우리가 볼 수 있는 경회루다. 아름답고 웅장하지만 돌기둥에 별다른 장식이 없다는 점은 아쉽게 느껴진다.

경회루를 흥미롭게 지켜본 S소위는 방삼복에게 무슨 건물이냐고 묻는다. 이번에도 방삼복은 대충 임금이 기생을 끼고 술을 마시던 곳이라고 답한다. 역사의식이라고는 눈곱만큼도 찾아볼 수 없는 방삼복으로서는 당연한 답이었을지 모른다.

채만식은 이런 방삼복이라는 인물을 통해 일제강점기 후반 독서회사건을 거치면서 친일의 길을 걸었던 자신을 뒤돌아보았던 듯하다. 다른 친일파들이 치졸한 변명을 늘어놓거나 모른 척했던 반면 채만식은 자신의 잘못을 뒤늦게나마 뉘우쳤다. 그는 「미스터 방」을 비롯해 미군정 시기를 다루는 여러 작품을 발표한다. 세상이 바뀌었다고는 하지만 여전히 반성하지 않고 활개칠 기회만을 노리는 백주사 같은 친일파들과 이들과 손잡고 부귀영화를 누리려는 방삼복이라는 인물을 보여주면서 말이다. 맥주를 마시면서 미국을 찬양하고 일본어를 섞어 내뱉는 방삼복과 그런 모습을 못마땅하게 여기지만 원하는 걸 얻기 위해 기꺼이 머리를 조아리는 백주사의 모습을 보면 반민특위가 어떻게 해산되고 친일파들이 어떻게 처벌을 받지 않고 사회지도층으로 살아남았는지를 짐작할 수 있다.

그렇다면 백주사는 과연 방삼복을 통해 복수에 성공했을까? 둘의 만남 이후 갑작스러운 사건의 전개로 미스터 방은 원래의 방삼복으로 돌아간다.

작가는 작품을 통해 미군정기라는 어둡고 암울했던 시대를 고발하고 세상이 바뀌었는데도 여전히 반성의 기미가 없는 친

일파와 이들을 비호하는 세력이 손을 잡았을 때 어떤 결과가 초래하는지를 보여주고 있다. 역사는 현실이고 여행이다. 미군 통역관 미스터 방이 되었다가 다시 방삼복으로 돌아가는 그 시간을 잊는다면 우리는 또 다른 방삼복과 백주사를 마주하게 될 것이다.

광주대단지사건을 아시나요?

「아홉 켤레의 구두로 남은 사내」
---
by 윤흥길

❧ **작품 소개** ❧

1971년 8월 10일, 서울에서 성남으로 쫓겨온 빈민들은 쏟아지는 빗줄기 속에서 경찰들과 대치한다. 독재 시대에 학생이나 노동자가 아닌 빈민들이 들고일어난 이유는 배신감 때문이었다. 성남에 살 집을 마련해주겠다는 얘기를 듣고 왔지만 허허 벌판에 군용텐트만 있었다. 거기다 약속한 것보다 더 많은 돈을 내라는 말에 결국 분노가 폭발했다.

윤흥길의 「아홉 켤레의 구두로 남은 사내」는 당시 사건을 직접 다루지는 않는다. 다만 그곳에서 투쟁을 이끌다 감옥에 갔다 온 권씨가 등장한다. 세입자인 그는 집주인 오 선생에게 아내의 출산에 필요한 비용을 빌려달라고 하다가 거절당한다. 그러자 홧김에 복면을 하고 도둑질을 하러 들어갔지만 오 선생에게 정체가 탄로 나자 애지중지하는 열 켤레의 구두 중에 한 켤레를 신고 사라진다.

　　　　　　　　　　　　　　　　　　❖

　　　　　　　　　　　　　　　　　　❖

　　　　　　　　　　　　　　　　　　❖

　　내 집 마련의 꿈이 거나한 시대다. 집 한 채 마련할 수만 있다면 영혼을 끌어올려서라도, 은행에 미래를 저당 잡혀서라도 사고야 말겠다는 열망이 뜨겁다. 그런데 희소식이 있다. 정부에서 서울 근교에 신도시를 짓는단다. 거기에 20평 땅을 4천만 원에 주는데 3년간 할부로 갚으면 된다더라. 정부가 그곳에 공장도 잔뜩 지어 일자리도 유치할 거라고 하니, 어떤가. 이만하면 솔깃한 제안이지 않은가.

　　이런 꿈에 부푼 25만 명의 사람들이 서울을 떠나 짐을 바리바리 챙겨 이사를 떠났다. 하지만 그곳엔 도로도, 전기도, 상하수도도 없었다. 바닥에 선을 그어놓은 20평짜리 땅뙈기와 군용 텐트 하나가 전부였다. 그래도 사람들은 버텼다. 신도시가 들어서겠지. 정치인들이 공약을 지키겠지. 하지만 선거가 끝나자 고

지서가 날아들었다. 땅은 4천만 원이 아니라 1억 6천만 원이 되었으며 할부가 아니라 일시불로 완납해야 한다는 것이다. 그것도 보름 뒤까지.

이번에 살펴볼 소설 「아홉 켤레의 구두로 남은 사내」는 내 집을 갖고 싶었던 평범한 직장인의 이야기다. 그것도 50여 년 전 실화를 바탕으로 한 이야기다.

문간방에 들어온 전과자 사내와 식솔들

국민학교 교사인 오 선생은 지겨운 셋방살이 끝에 무리해서 성남에 집을 마련한다. 다닥다닥 엉겨 붙은 20평 균일의 천변 부락에서 벗어나 100평 대지 위에 세운 슬라브주택을 산 것이다.

오 선생과 아내는 좋은 집주인이 되기로 결심하고 문간방 사람들도 좋은 사람이 들기를 기대했다. 그런데 권씨네가 원래 이사 날보다 며칠을 앞당겨 아홉 살 계집애와 세 살배기 남자아이, 그리고 몇 개의 짐 보퉁이를 들고 찾아온 것이다. 권씨의 아내는 배까지 불러 있었다. 게다가 경찰이 오 선생을 찾아와 권씨의 동태를 잘 살피고 수상한 일이 생기면 보고하라며 귀띔한다. 오 선생은 아내한테는 권씨가 전과자라는 사실을 군이 얘기하지 않았다.

권씨는 항상 툇마루에 앉아 구두를 닦았다. 대여섯 켤레의 구두에 침을 퉤퉤 뱉어가며 금속처럼 번쩍번쩍 빛이 날 때까지 닦곤 했다. 그리고 뻘쭘한 말을 할 때는 구두코를 바지 한쪽에 연신 문지르고 또 반대쪽 발을 바지 종아리에 문지르기를 반복했다.

어느 날 오 선생이 학생들을 데리고 가정방문을 다니던 중 한 공사장에서 권씨와 마주쳤다. 그는 왜소한 몸집에 후들거리는 다리로 간신히 일하고 있었는데 사무원 복장에 구두를 신고 있는 게 아닌가. 오 선생은 다가가 권씨에게 아는 체했다. 그러자 권씨는 마치 미행이라도 당했다는 듯 놀라서 물었다.

"내가 여기 있는 줄 어떻게 알았죠?"

오 선생은 가정방문 중이라고 해명했으나 권씨는 의심스러운 눈으로 오 선생과 학생을 번갈아 노려봤다. 오 선생은 자리를 떴다.

그날 밤 권씨가 잔뜩 취해 나타나서 말했다.

"이래 봬도 나 안동 권씨요! 안동 권씨 하면 어딜 가도 그렇게 괄신 안 받지요. 오 선생은 본이 해주던가요?"

점잖이 그를 되돌려보내려는 오 선생에게 권씨가 물었다.

"전과자하군 벗하기 싫다 이겁니까? 허지만 어림두 없어요. 오늘은 내 기필코 헐 말 다 허고 물러가리다."

전과자라는 말을 들은 오 선생의 아내는 크게 놀랐다. 오 선생은 놀란 아내와 권씨를 방에 들여 이야기를 듣기 시작했다.

출판사에 다니던 권씨는 광주단지에 집을 마련하기 위해 당시 거금이었던 20만 원을 변통하여 철거민에게 입주 권리, 소위

말하는 '딱지'를 샀다. 당시 월급이 1만 원 정도였으니 20만 원은 꽤 큰돈이었다. 그러나 서울에서 통근 거리 안에 든다는 점, 무엇보다 내 집을 마련할 수 있다는 점이 마음에 들어 강행한 일이었다. 가까스로 20평 대지는 마련했으나 기둥을 세울 여유도 없어 낡은 텐트를 하나 구해서 몇 달을 버텼다.

그러던 어느 날 한 장의 통지서가 배부되었다. 보름 후까지 전매한 땅에다 집을 짓지 않으면 불하를 취소하겠다는 내용이었다.

그는 며칠이나 출판사를 무단결근하면서 닥치는 대로 돈을 변통했다. 시멘트와 블록, 각목을 사서 마누라와 한 단 한 단 쌓아올리기 시작했다. 건축은 몰랐지만 본능이 시키는 대로, 이렇게 하면 최소한 넘어지지는 않겠거니 하는 어림으로 집을 짓기 시작했다. 건자재가 떨어지면 돈을 꾸어다 재료 대기를 몇 차례 거듭하자 보름이 되기 전에 어느덧 사면 벽이 세워지고 지붕이 씌워졌다. 드디어 집이 완성된 것이다.

그런데 또 통지서가 날아왔다. 이번에는 입주자들에게 토지 대금 160만 원을 일시불로 납부하라는 것이었다. 이번에도 기한은 보름이었다. 게다가 경기도는 토지취득세 부과통지서까지 발부했다. 서울과 경기도가 이렇게 쌍나발을 부는 바람에 주민들은 거의 초주검이 되었다.

'광주대단지토지불하가격시정대책위원회'가 조직되었다. 대책위원회는 곧 투쟁위원회로 개칭되었다. 권씨는 여전히 자기가 서울사람이라는 생각에 여기에 끼고 싶지 않았지만, 그를 꽤

나 배운 사람이라고 생각하는 입주민들의 등에 떠밀려 투쟁위원이 되었다. 하지만 회의에는 한 번도 참석하지 않았다. 그사이 8월 10일이 되었다. 투쟁위원회에서 최후 결단의 날로 정한 바로 그날이었다.

아침부터 거리에는 전단이 살포되고 벽보가 나붙었다. 시간이 되면 가슴에 달기로 한 노란 리본을 나누어줬다. 그사이 11시가 지났다. 서울시장이 위원회 대표들과 면담하기로 한 시간이었다. 하지만 아무도 나타나지 않았다. 투쟁위원회 사람들은 더는 참지 않고 거리로 뛰쳐나갔다.

화요일인데 출근도 하지 않고 집에 있던 권씨를 누군가가 찾아왔다. 권씨는 마누라를 시켜 벌써 출근했다고 거짓말을 하게 했다. 그가 돌아가고 권씨는 후다닥 일어나 밖으로 나갔다. 그는 길을 가득 메운 채 손에 몽둥이와 연장을 들고 출장소 쪽으로 구호를 외치며 달려가는 사람들을 보았다. 하지만 그의 눈은 완강하게 서울로 가는 버스만 찾고 있었다. 이미 교통수단은 끊겨 있었다. 비가 세차게 내리고 있었다.

그는 인적이 뜸한 골목만 걷기 시작했다. 그러다 군중을 피해 요리조리 골목을 누비며 오는 택시를 발견하고 필사적으로 막아섰다. 요금이 얼마라도 서울로 갈 요량이었다. 안에는 이미 신사 셋이 타고 있었다. 그러나 택시가 광주단지의 유일한 입구에 이르자 각목을 든 청년들이 차를 세우고 내리라고 명령했다.

"다른 사람들은 몇 끼씩 굶고 악을 쓰는 판인데 택시나 타고 앉았다니 늘어진 개팔자로군."

청년은 그를 끌어내려 군중 앞으로 데려갔다. 사람들은 경찰과 대치하고 있었고 최루탄에 맞서 돌을 던지고 있었다.

그때 데모를 피해서 요리조리 움직이던 삼륜차 한 대가 뒤집혀버렸다. 누렇게 익은 참외가 와그르르 쏟아져 바닥에 굴렀다. 굶주렸던 군중들은 돌멩이질을 멈추고 달려와 진흙탕에 떨어진 참외를 어적어적 깨물어 먹기 시작했다. 권씨가 맑은 정신으로 기억하는 모습은 거기까지였다.

사흘 후 형사가 출판사를 찾아와 그를 체포했다. 권씨는 경찰이 보여준 사진을 보고 놀랐다.

사진 속 권씨는 버스 꼭대기에도 올라가고 석유 깡통을 들고 각목을 휘두르기도 했다. 전혀 기억이 나지 않았다. 그렇게 권씨는 6년간의 옥살이를 마치고 나온 것이다.

술에 취해 한바탕 털어놓은 뒤 권씨는 여전히 일자리를 구하지 못했지만 아침이 되면 출근 복장을 하고 나가곤 했다. 하지만 문간방 아이들은 점점 더 밥을 굶는 듯했다. 오 선생은 출산을 위해 병원비라도 빌려주고자 했지만 권씨는 한사코 사양하며 집에서 낳겠다고 했다. 그러다 진통이 길고 악착스럽자 권씨는 부인을 업고 비탈길을 내려가느라 소란을 피웠다.

곧 권씨는 학교로 찾아와 오 선생에게 손을 내밀었다. 태아가 탯줄을 목에 감아 수술을 해야 한다는 것이었다. 하지만 분만비 1, 2만 원이 아닌 수술비 10만 원은 오 선생에게도 큰돈이었다.

완곡하게 거절하자 그는 인사를 하고 휘적휘적 돌아섰다. 그가 갑자기 돌아서면서 똑바로 올려다보고 말했다.

"오 선생, 이래 봬도 나 대학 나온 사람이오."

권씨가 돌아가고 오 선생은 문득 전셋돈이 생각났다. 동료들의 돈을 닥치는 대로 빌려 10만 원을 마련한 그는 곧장 산부인과로 갔다. 권씨 대신 기다려 셋째아이가 태어나는 것을 보았다. 권씨는 나타나지 않았다.

그날 밤 강도가 들었다. 잠자는 오 선생을 깨우고 덜덜 떨리는 식칼로 멱을 겨누었다. 그는 실수로 아들 동준이의 발을 밟았다. 동준이가 칭얼거리자 그는 엎드려 아이의 어깨를 토닥거렸다. 오 선생은 웃음을 꾹 참고 있다가 강도가 떨어뜨린 식칼을 주워 내밀었다.

"연장을 이렇게 함부로 굴리는 걸 보니 당신 경력이 얼마나 되는지 알 만합니다."

그는 칼을 다시 받아들어 멱을 겨누었다. 그러다가 분개한 나머지 대청마루를 향해 나가더니 현관에 벗어놓은 구두를 신고 문간방으로 향하려 했다.

"대문은 저쪽입니다."

문간방 부엌 앞에서 한동안 망연히 있다가 그는 대문을 향해 걷기 시작했다. 그리고 뒤돌아 이렇게 말하고 사라졌다.

"이래 봬도 나 대학까지 나온 사람이오."

아무도 기억하지 않는 역사, 광주대단지사건

광주대단지사건은 1971년 8월 10일, 현재의 성남시 수정구 일대에서 벌어진 주민들의 봉기사건으로 이 소설은 실화를 바탕으로 한다. 당시에는 성남이 경기도 광주군 산하에 있었기 때문에 오래도록 광주대단지사건이라 불렸다. 이 사건은 해방 이래 민중들이 직접 투쟁한 중요한 사건이지만 교과서에도 언급이 없을 만큼 잘 알려지지 않았다.

1960년대 후반, 박정희 정부는 외국인들의 유입이 잦아지자 미관상 보기 안 좋다는 이유로 판자촌을 철거하기 시작했다. 서울 곳곳에 자리한 불법 판자촌은 소유권이 없는 주민들이 집을 짓고 살던 곳이라 용역이 들이닥치기라도 하면 꼼짝없이 살림만 대충 챙겨 내쫓겨야 할 형편이었다. 하지만 철거민들은 풍선 효과처럼 여기서 쫓겨나면 저기에 집을 짓고, 저기에서 쫓겨나면 다시 여기에 짓고 하는 형태로 계속 서울 안을 배회했다.

이에 철거민을 이주시키기 위해 거대한 주거지로 계획된 곳이 경기도 광주군 중부면 일대였다. 여전히 농사가 중요한 시대였기 때문에 평평한 농경지 대신 산만 밀어놓은 경사면에 사람들을 이주시킨 것이다. 요새는 흔해졌지만 '첫 신도시 계획'이었던 셈이다. 청계천과 서울역 일대에 살던 빈민들은 정부가 제공한 군용트럭을 타고 봇짐을 진 채 이사를 떠났다.

하지만 막상 가본 곳은 아무것도 없는 산에서 나무만 베어놓

광주대단지 현장. 아무것도 없는 허허벌판에 금을 긋고 군용텐트만 지급했다.

은 흙밭이었다. 언덕배기에 금만 그어놓은 땅바닥과 군용텐트하나만을 지급했다. 도로와 상하수도 시설이 없는 곳이라 진흙이 지고, 사람들은 뒷산에서 변을 봐야 했다. 비가 오면 오물이흘러내려 악취가 진동했다. 사람들은 웅덩이를 파놓고 물을 마셨는데 이질, 콜레라 같은 전염병이 돌았다. 굶주림과 질병으로하루에 서너 구의 시체가 실려 나갔다. 비참한 생활이 이어졌다.

대부분은 막노동으로 생계를 이어나가는 이들이었는데, 10만명이 넘는 사람들이 버스 여섯 편에 의존하고 있었다. 전기도 식량도 부족했다. 이 생활을 견디기 힘든 사람들이 딱지를 헐값에 팔고 서울로 돌아가려 했으나 국가는 주민등록증을 검사하면서 이들이 다시 서울로 들어오지 못하게 막았다. 거주이전의 자유마저 제한한 것이다.

사건이 일어난 1971년에는 대통령 선거와 국회의원 선거가 있었다. 정치인들은 광주대단지를 지어서 일자리를 주겠다고 공약했다. 입주한 사람들은 좀 참으면 공약이 지켜질 거라고 생각하고 버텼고 입주권의 가격은 점점 더 뛰었다.

하지만 선거가 끝나자마자 약속은 휴짓조각이 되었다. 정부는 딱지의 매매를 금지하고 토지대금을 일시금으로 내놓으라고 통지서를 보냈다. 애초에 약속한 평당 2,000원이 아닌 평당 8,000원에서 16,000원까지 뛴 금액이었다.

20평이면 4만 원에서 8만 원을 내야 했는데 당시 이주민들의 평균 월급은 5천 원에서 1만 원이었다. 이곳에 밀려온 철거민이나 딱지를 사서 살겠다고 온 사람 중 이걸 일시불로 낼 수 있는 사람은 없었다. 그런데 이 돈을 보름 안에 내라고 한 것이다. 이 와중에 경기도는 20평당 6천 원에 해당하는 건물 취득세까지 내라고 했다. 당시 밀가루 한 포대가 1천 원이었으니 여섯 포대에 해당하는 값이었다.

분노한 주민들은 '토지불하가격시정대책위원회'를 결성하고 다음과 같이 요구했다. '대지 가격을 평당 1,500원 이하로 조정하고, 10년 할부로 납부할 수 있게 하며, 세금을 면제하고 취업

대책과 생활보호자금 지급'을 요구했다. 처음 정부의 약속을 이행하라는 것이었다. 하지만 내무부장관, 경기도지사, 서울시장 어느 누구도 대책위원회에 답변을 주지 않았다.

대책위원회는 투쟁위원회로 바뀌었다. 대대적 시위를 하기로 하고 각목과 곡괭이까지 준비했다. 시위 전날인 8월 9일 밤, 3만여 장의 전단이 거리에 뿌려졌다. 그제야 사태의 심각성을 깨달은 광주출장소는 서울에 이를 보고한다. 아침이 되자 광주출장소에서는 서울시장이 11시까지 오기로 했으니 면담을 해보라고 주민들을 설득한다. 8월 10일 오전 10시, 성남출장소 뒷산에는 몽둥이, 삽 등으로 무장한 5만 명의 주민이 모여들었다.

시위가 벌어진 것은 어처구니없게도 서울시장의 지각 때문이었다. 당시 11시에 도착하기로 한 양택식 서울시장이 아침 7시에 서울시청을 나섰으나 3시간이 넘게 도착하지 못하고 있었다. 광주대단지까지의 교통 사정을 알 만한 대목이다.

결국 11시 45분, 성난 군중 300명이 성남출장소를 모조리 때려 부수고 지프를 뒤집어 불태우고 공무원 차량을 탈취해 휘젓고 다녔다. 그날은 소설에서처럼 비가 내려 암흑천지가 되었다.

시위는 오후에 소강 상태에 접어들었고 서울시장은 주민들의 모든 요구를 수용하기로 했다. 전매입자의 토지 가격도 2천 원으로 조정하고 구호양곡을 풀기로 했으며 취득세와 세금을 면제하기로 했다.

하지만 이후 박정희는 주동자를 엄단에 처하라며 시위 당시

카메라에 잡힌 사람들을 토대로 22명을 구속했다. 언론들은 철거민들이 폭동을 일으켰으며 이들이 큰소리친다고 정부가 다 들어주는 안 좋은 본보기를 남겼다고 말했다. 정부는 하층민들의 기강 해이와 이기주의라고 표현했다.

강남 개발은 각종 혜택을 주면서도 산업화에 기여했던 도시 빈민들은 외면받고 아무것도 누릴 수 없었다. 이 사건이 있고 난 뒤 시위에 대한 탄압은 더욱 심해졌고 오랫동안 이 일은 언급되지 않았다. 역사는 정부의 강압적 행정이라는 본질을 누락하고 단순한 폭동으로만 규정했다.

그러나 시간이 지나면서 많은 사람이 이를 제대로 조명하려고 시도했다. 2020년 성남시는 조례 개정을 통해 '8·10성남(광주대단지) 민권운동'으로 표현을 정정한다.

역사를 기록하는 소설가 윤흥길

윤흥길 작가는 1973년 성남 숭신여자중고등학교 교사로 부임했다. 그 배경이 마치 소설 속의 오 선생과 오버랩되어 혹시 윤흥길 작가가 오 선생이 아닌가 하는 생각마저 들지만 작가 역시 언론 보도로 이 사건을 처음 접했다고 한다. 이를 다루는 제대로 된 기사도 없었으니 당시에는 사건의 전모를 잘 알 수 없었을 것이다.

윤흥길 작가가 교사로 부임한 때는 사건이 있고 2년 뒤라 여중생들의 얼굴이 어둡고 소심했다. 2년간 가정방문을 하며 그 이유를 알려고 했지만 다들 선생님을 경계하며 또렷이 말해주는 이가 없었다.

그러던 어느 날 예비군 훈련장에서 광주대단지사건을 겪은 청년을 우연히 만나게 된다. 윤흥길 작가는 이 청년과 술자리를 가지기도 하고 성남 사람들을 만나고 다니면서 사건의 자초지종을 알게 되었다. 이 이야기를 쓸 수밖에 없었던 그는 학교를 그만두고 소설을 쓰기 시작했다. 그리고 1977년 「아홉 켤레의 구두로 남은 사내」가 출간되었다.

윤 작가는 1974년 반독재 민주화조직이었던 '자유실천문인협의회' 활동을 하다가 정보기관에 연행된 적도 있다. 하지만 소설가로서 역사를 있는 그대로 바라보고 기록하는 일에 소신을 느꼈다. 그는 이 소설을 순박한 시민이었던 권씨의 처지에서 풀어내면서도 역사를 객관적인 시선에서 기록하려고 했다.

소설은 날개 돋친 듯 팔렸다. 많은 정치인이 광주대단지사건을 접하고 정치에 입문했다. 그의 소설은 이 사건을 모르던 대중에게 생생하게 역사적 사건을 증언하고 있다. 이 소설은 1990년대부터 현재까지 교과서에 실려왔으며 수능에도 출제되었다.

윤흥길 작가는 아픈 역사의 진실을 밝혀 반면교사로 삼아야 한다고 말한다. 그는 이후로도 생생한 민중의 눈으로 역사적 사건을 기록한 「장마」와 「완장」과 같은 여러 소설을 남겼다. 최근 인터뷰에서도 그는 역사를 바탕으로 한민족의 정체성을 탐구하는 작업에 매진하겠다고 밝히며 꾸준히 소설을 집필하고 있다.

네모반듯한 바둑판 마을

이번 답사 장소는 경기도 광주와 성남에서 주로 살았던 나에게는 매우 익숙한 곳이다. 어렸을 적 차를 타고 모란역에서 복정역을 잇는 도로를 지날 때면 늘 롤러코스터를 타는 기분이었다. 큰 고개들이 많아서 도로를 한참 올라갔다가 또르르 떨어지기를 반복했다. 겨울에 이 동네는 참 미끄럽겠다, 생각하곤 했다.

또 한 가지 재미있는 점은 어쩌다 8호선 지하철을 타게 되면 갑자기 지상으로 나가면서 낯선 논밭이 펼쳐지곤 했는데 이곳이 남한산성 초입인 산성역과 닿아 있다는 점이다. 지금이야 성남과 주변부에 아파트가 계속 지어지면서 신도시 풍경으로 바뀌었지만 오랫동안 8호선은 도심뷰에서 갑자기 시골뷰로 바뀌면서 낯선 풍경을 보여주었다. 이것도 다 광주대단지사건의 영향으로 교통편이 확충된 것이라고 한다.

그럼에도 광주대단지사건을 한 번도 들어본 적이 없던 나는 익숙한 동네에 그런 일이 있었다는 게 너무 놀라웠다. 이 소설을 읽으면서 이 동네는 왜 이렇게 비탈에 들어섰는지, 8호선은 왜

현재도 좁은 골목마다 매우 급격한
경사로 이루어져 있다.

저렇게 안쪽까지 닿게 됐는지 비로소 이해가 되었다.

태평역에서 일행을 만나 수정구 보건소를 향해 걷기 시작했다. 도보로 1.5킬로미터. 가는 길에는 시장도 있고 중국어 간판의 중국 식당도 즐비했다. 길 자체가 언덕이었는데 그 언덕에서 안쪽으로는 전부 가파른 계단에 집들이 따닥따닥 붙어 있었다.

지도를 본 나는 놀라서 소리쳤다. "여기는 집들이 자를 댄 듯이 따닥따닥 네모반듯하게 붙어 있어요!" 네이버 지도에서 찾아보면 정확히 네모반듯한 작은 사각형들이 빼곡하게 들어차 있는 모습이다. 확대해보면 소름마저 돋는다. 대부분 이렇게 언덕에 붙어 있는 마을을 가면 고불고불한 골목길을 따라 집들이 들쑥날쑥 들어서 있는데 이 동네는 모든 골목이 바둑판처럼 되어 있다. 땅을 자로 그어 20평씩 나누어주었던 정책의 흔적이다. 평생을 살아도 여기 주민들에겐 20평 이상은 허용되지 않은 것이다.

수정구 보건소 한 켠에는 '8·10성남(광주대단지)민권운동 이야기'라는 입간판이 남아 있다. 생각보다 너무 단출하다. 이 현장에서 있었던 그날의 이야기를 전하기에는 달랑 사진 한 장이 전부다. 아무도 기억하지 못하는, 혹은 기억하고 싶지 않은 이야기 같아 쓸쓸함이 남았다.

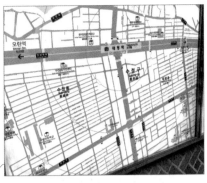

성남시 지도를 살펴보면 모두 네모반듯한 바둑판으로 그어져 있다.

광주출장소였던 곳에는 주상복합 '신세계쉐덴'이 들어섰다. 이마트, 스타벅스, 유니클로가 들어선 삐까삔쩍한 건물이다. 이제는 이곳도 이렇게 살기 좋은 동네가 되었다. 하지만 생각해본다. 그때 광주대단지에 살았던 사람들은 지금 이토록 살기 좋아진 성남의 한 켠을 꿰차고 살고 있는 걸까. 아니면 또다시 철거 대상이 되어 다른 지역으로 등 떠밀려 가진 않았을까. 50년이 지났지만 내 집 마련의 설움은 여전히 계속되고 있는 게 아닐지 마음이 헛헛하다.

신발 아홉 켤레와 부끄러움

이 소설의 오 선생은 속물근성을 부끄러워하는 지성인이다. 소설 내내 자신의 속물근성을 자각하면서 괴로워한다. 가장 내적 갈등이 드러나는 부분은 아들 동준이 때문에 이사를 결심하는 대목이다.

오 선생이 20평 천변부락에 살던 시절, 퇴근해서 집으로 돌아오는 길에 동준이가 아이들과 놀고 있는 모습을 보았다. 멀리서 아들을 바라보던 아버지는 깜짝 놀랐다. 동준이가 과자 하나를 던지자 아이들이 개구리처럼 폴짝폴짝 뛰면서 과자를 입으로 집어먹었다. 동준이는 점차 과격해져 침을 뱉어 던지거나 과자를 하수도에 던지기도 했다. 오 선생은 과자 상자를 개울에 던지고 아들의 따귀를 마구 갈겼다.

그날 밤 오 선생은 줄담배로 뒤척이면서 찰스 램과 찰스 디킨즈를 떠올렸다. 두 사람은 불우한 유년시절을 보냈고 문학작품을 통해서 빈민가 사람들에 대한 동정과 연민을 쏟아냈다는 공통점이 있었다. 하지만 실제로 그들의 성격은 딴판이었다. 램은 정신분열증으로 자기 친모를 살해한 누이를 돌보며 평생을 독신으로 지내면서 소위 글과 일치된 삶을 살았다. 반면 디킨즈는 어린 나이에 구두약 공장에서 노동하면서 독학하고 성장했지만 유복해지자 빈민가의 어린이들을 지팡이로 쫓아버리곤 했다.

오 선생은 램처럼 살고 싶었지만 디킨즈의 궁둥이를 걷어찰 만큼 떳떳하진 못하다고 생각했다. 술집에서는 친구들과 분노하며 부익부 빈익빈의 현실을 욕했지만 껌팔이 아이들을 물리칠 방법으로 주머니 속에 비상용 껌 한두 개를 휴대해 다녔고, 학생복 차림으로 볼펜이나 신문을 파는 아이들을 가짜 고학생이라 단정해버리기도 했다. 소주를 마시면서 양주 마실 날을 꿈꿨고

수십 통의 껌값을 팁으로 던지기도 했다.

오 선생은 램의 가슴을 배반하는 디킨즈의 강력한 머리를 가진 자신을 괴로워했다. 권씨를 보면서도 내내 그랬다. 당시의 모든 지성인이 이렇게 생각하지는 않았을 것이다. 오 선생은 자신에 대해 비판적일망정 초지일관 따뜻한 사람이다. 나는 윤흥길 작가도 그럴 거라고 생각한다.

그러면 권씨는 어떤 사람인가. 이삿짐이라고는 이불과 세간 몇 개가 다인데 권씨는 열 켤레나 구두를 가지고 다니며 매일같이 열심히 닦는다. 결국 전과자가 되고 셋방을 전전하며 처자식을 굶길 처지가 되어도 권씨는 이렇게 읊조린다.

"이래 봬도 나 대학 나온 사람이오."

처음에는 그 모습이 알량하고 철없게 느껴졌다. 하지만 권씨는 우리처럼 성실히 직장생활을 하고 그저 내 집 마련을 꿈꿨던 평범한 직장인에 불과했다. 영혼을 끌어올려서 투자를 했지만 잔뜩 빚만 지고 가진 게 아무것도 없이 나앉게 되었다.

아무것도 없을 때 우리가 끝까지 지키고 싶은 것은 무엇일까. 바로 자존심이 아닐까. 자신이 강도임을 들키고 자존심이 무너진 날 권씨는 끝내 돌아오지 않았다. 권씨의 집에는 아홉 켤레의 구두가 병정처럼 나란히 줄지어 있었다. 여기서 구두는 아무리 돈이 없고 힘들더라도 사람들에게 의식주보다 더 중요한, 마지막 남은 하나가 아닐까. 바로 무시당하지 않고 사람답게 존중받고 싶다는 마음 말이다.

동대문에 올라서다

「역사」

by 김승옥

❧ **작품 소개** ❧

소설 속 화자가 창신동 빈민가에서 하숙집을 양옥집으로 옮기면서 이야기가 시작된다. 거칠고 무질서한 창신동을 벗어나 새로 정착한 하숙집은 하루가 기계처럼 빈틈없이 짜인 질서에 따라 흐른다. 오후 네 시가 되면 어김없이 피아노 치는 이 집 며느리의 〈엘리제를 위하여〉가 울리고 10시가 되면 예외 없이 잠자리에 드는 일상이 반복되면서 이야기 속 화자는 점차 이곳 생활에 염증을 느낀다. 그는 인간적인 정이 흐르는 창신동 빈민가를 다시 떠올린다. 그곳엔 활기찬 생명력이 넘치는 날품팔이꾼 서씨가 있었다. 그는 대대로 역사 집안의 자손으로 힘이 센 유전자를 물려받았다. 하지만 그의 이런 재능은 근대화된 도시에서는 더 이상 빛을 보지 못했다. 근대화의 열풍이 불어닥친 1960년대 창신동 빈민가와 양옥집이라는 두 가지 삶 가운데 과연 어느 것이 틀린 것일까. 작가는 도시생활을 하면서 겪는 소외를 말하면서도 어쩔 수 없이 거기에 편입해 살아가야 하는 삶을 소설로 형상화하고 있다.

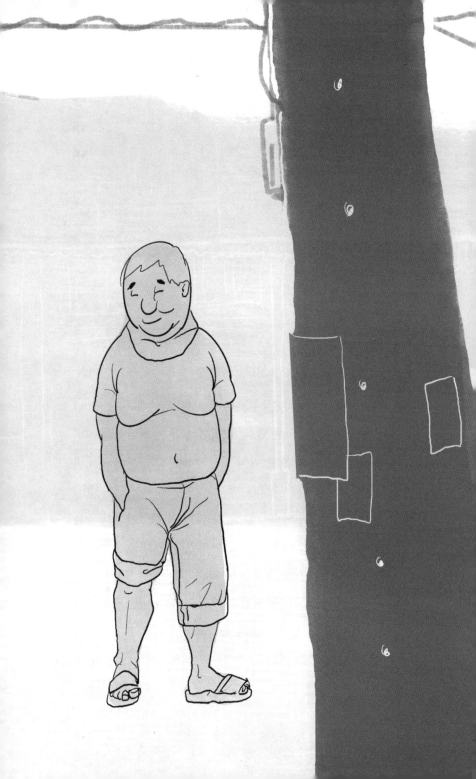

동대문과 「역사」

　　홍인지문이라 불리는 동대문에 서면 주변으로 쉴 새 없이 흘러가는 차들을 볼 수 있다. 예전에 성문은 권위의 상징이었다. 주변이 모두 성벽으로 막혀 있었기 때문에 성문이 닫히면 누구도 들어오거나 나갈 수 없었다. 하지만 시대가 바뀌면서 성벽은 모두 사라지고 말았다. 덩그러니 남은 성문만 차량의 흐름을 방해하는 거추장스러운 존재로 바뀌었다. 서대문인 돈의문은 완전히 사라졌고 다른 성문들도 훼손되거나 방치되었다. 동대문 역시 지금은 도로에 포위된 채 우두커니 서 있는 존재로만 남았다. 하지만 다른 성문과 달리 옹성을 갖추고 있고 2층 누각으로 지어진 동대문은 여전히 주변의 기세에도 아랑곳없이 잘 버티고 있다.

동대문은 태조 이성계가 조선을 세우고 한양을 새로운 도성으로 정하면서 동서남북으로 세운 성문 중 하나로, 동쪽에 있는 성문이라 해서 동대문으로 불렸다. 1396년부터 대대적으로 시작된 사대문 축성 작업은 농번기를 피해 1월부터 2월까지 전국 각지에서 올라온 농민들의 손으로 이루어졌다. 이때 약 6만 척 길이의 성곽을 쌓았다고 전해진다. 당시 측량법인 영조척이 대략 30.8센티미터라는 걸 감안하면 18킬로미터 정도를 일일이 돌을 나르고 쌓아 올렸다는 얘기가 된다.

같은 해 여름에 추가로 축성 공사가 진행된다. 겨울철에 급히 쌓아 올리느라 일부 허물어지거나 제대로 마무리하지 못한 곳의 보수공사가 이루어졌다. 경상도와 전라도, 강원도 지역에서 약 7만 9,400명의 농민들이 올라와 8월 초에서 9월 말까지 작업해 끝냈다고 전해진다. 흥인지문을 비롯해 우리가 아는 한양의 성문들은 이때 대부분 완성되었다.

동대문 앞에 서면 오래된 것들이 떠오른다. 지나간 세월이나 역사라고 부르기는 애매한 그만큼의 무게를 지닌 이야기들 말이다. 동대문을 한 바퀴 돌아보면 그런 흔적들을 역력히 느낄 수 있다. 쌓인 역사에 따라 크기가 제각각인 돌들이나 한국전쟁 당시에 생긴 탄흔들이 그 세월을 증명하고 있다.

동대문은 김승옥의 작품 「역사力士」의 무대로 등장한다. 「역사」는 「무진기행」보다 1년 앞선 1963년 『문학춘추』에 발표된 단편

동대문 정면

소설이다. 1960년대는 온통 안개 정국이었다. 4·19혁명의 기쁨은 5·16쿠데타로 인해 절망으로 변했고 이후 이어진 군부독재는 지식인들을 깊은 좌절감에 빠트리고 말았다. 「역사」라는 작품 역시 당시 방향을 찾을 수 없었던 작가의 좌절감이 고스란히 느껴진다.

누구나 틀릴 수밖에 없었던 시대

「역사」는 소설 속 화자인 내가 벤치에서 한 젊은 남자로부터 이야기를 듣는 것에서 시작한다. 젊은 남자가 들려주는 이야기는 소설 속 액자 소설로 전개된다.

나는 어느 날 잠에서 깨어났다가 깜짝 놀라고 만다. 창신동의
빈민굴이 아니라 깨끗한 양옥집에서 눈을 떴기 때문이다. 알 수
없는 혼란이 지나가고 잠시 후 일주일 전에 창신동을 떠나 이곳
으로 하숙집을 옮겨왔다는 사실을 떠올린다. 오후 네 시가 되자
집안에 울려 퍼지는 〈엘리제를 위하여〉라는 피아노곡을 떠올리
면서 어떻게 이곳에 오게 되었는지를 회상한다.
　고향을 떠나 서울 창신동의 빈민가에서 하숙을 하고 있던 나
는 홧김에 거울도 깨고, 절망감에 휩싸여 옆방에 사는 영자에게
얻은 푼돈으로 에틸알코올을 사서 물에 타 술처럼 홀짝거리며
부랑아 같은 생활을 반복하고 있었다. 이 꼴을 본 친구는 이런
생활을 그만두려면 하숙집을 바꿔야 한다고 강권한다. 무일푼인
나는 당연히 친구의 제안을 거절하지만 얼마 후 글을 써서 번 돈
이 생기면서 친구가 소개한 하숙집으로 옮긴다. 그리고 일주일
이 지난 지금 늦잠을 자다 문득 그 사실을 뒤늦게 깨달은 것이다.
　오후 네 시가 되도록 눈을 뜨지 못하고 자기가 어디에서 눈을
떴는지조차 모르는 걸로 봐서 어젯밤 술에 취해 곯아떨어진 게
분명했다. 친구가 생활습관을 바꿔야 한다고 말한 것도 무리가
아닌 삶이었다. 새로 이사한 하숙집에는 주인 할아버지와 할머
니 부부, 대학강사인 아들 내외와 이들 사이에서 태어난 세 살배
기 딸, 그리고 대학강사인 아들의 여동생과 식모가 살고 있었다.

주인 할아버지가 바로 나를 이곳에 소개한 친구의 큰아버지뻘이다. 이사 온 첫날 저녁, 주인 할아버지는 나를 불러다가 묻는다.

"자네 6·25때 몇 살이었나?"

나는 대략 열 살쯤이라고 답한다. 그러자 할아버지는 "열 살이면 사변이 남겨놓고 간 것이 무엇인 줄 모르겠군." 한다. 그 말대로 나는 전쟁이 남겨놓은 것이 무언지 몰랐다. 할아버지는 이내 고개를 끄덕이고는 그것은 가정의 파괴라고 말하며 자신은 그 사라진 가풍을 다시 세우는 일을 하고 있다고 말한다. 이 집의 가풍이란 규칙적인 생활 제일주의를 뜻했다.

말 그대로 자로 잰 듯한 하루 일과가 나에게도 강요되었다. 이런 판에 박힌 듯한 생활이 익숙지 않은 나는 창신동의 빈민가를 떠올린다. 좁디좁은 그곳의 방 한 칸에는 50대로 보이는 절름발이 남자가 깡마른 열 살짜리 계집애를 데리고 살고 있었고 옆집에는 40쯤 되는 날품팔이꾼 서씨가 지내고 있었다.

이번 여행은 창신동의 그 빈민가를 찾는 것에서부터 시작했다. 하지만 김승옥 작가는 창신동이라고만 했을 뿐 정확히 어느 곳인지는 말해주지 않았다. 그래서 동대문에서 시작해서 창신동 일대를 돌아보는 코스를 돌기로 했다. 세월의 흔적이 역력한 동대문을 돌아본 뒤 종로를 건너 창신동으로 접어들었다. 도로 하나만 건넜을 뿐인데 분위기가 확연히 달랐다. 동대문 주변은 메리어트호텔을 비롯해서 동대문시장과 은행 건물들로 둘러싸여

있었다. 바로 남쪽의 청계산
만 건너면 동대문운동장이
있던 곳에 자리 잡은 DDP(
동대문디자인플라자)까지 볼
수 있다.

창신동 골목길 풍경

하지만 동대문역 1번 출
구로 나온 창신동 부근은 병
원들이 들어선 빌딩 하나를
제외하고는 대부분 야트막
하다. 대신 간판들이 다닥다
닥 붙어 있다. 주로 음식점과
술집, 부동산 같은 상점들이
었다. 간판 사이로 난 좁은 골목길에 접어들면 종로와 동대문에
서 들려오는 시끄러운 소음이 더 이상 들리지 않는다. 김승옥의
소설 「역사」에 나오는 주인공 역시 이런 좁은 골목길을 오가며
술이나 에틸알코올을 구하러 다녔을 것이다. 혹은 친구가 그를
만나기 위해 걸었던 길이었거나 젊은이가 양옥으로 하숙집을 옮
기기 위해 짐꾸러미를 들고 지나간 길이었을지도 모른다. 미로
처럼 엉겨 있는 창신동의 골목길엔 볼거리들이 많지 않다. 회색
시멘트에 붉은색 벽돌로 된 담장과 새로 칠해진 듯 보이는 대문
들, 그리고 좁고 가파른 골목 위로 보이는 하늘이 전부였다. 그마
저도 골목이라 전깃줄에 가려서 온전히 보이지도 않는다.

골목길을 정처 없이 걷다 보면 마치 성채처럼 서 있는 높은 건물 하나가 나온다. 1973년에 지어진 동대문맨션이었다. 반세기 전에 지어진 이 맨션은 창신동 곳곳에 그림자를 드리우고 있다. 좁은 시장 골목을 지나자 옹기종기 도시형 한옥들이 모습을 드러냈다. 최근 지었거나 리모델링을 해서 깔끔한 도시형 한옥들이 우선 눈에 들어왔다. 하지만 대부분은 툭 튀어나온 처마와 서까래, 새로 덧칠이 되어 있지만 오래된 흔적을 숨기지 못한 마름모꼴 창살의 창문이 붙은 한옥들이다. 골목길은 그렇게 오래되고 낡은 모습 그대로 낯선 방문객을 맞는다. 특히 창살이 나 있

창신동 주택의 지붕

는 창문을 찍다가 흥미로운 흔적을 발견했다. 창살 위로 서까래 위의 슬레이트지붕이 슬쩍 모습을 드러낸 것이다. 슬레이트지붕 위에 덧씌인 일체형으로 된 기와 모양의 칼라강판이 진짜 지붕인 척하고 자리 잡고 있었다. 하지만 도시형 한옥을 짓기 위해 벽돌을 쌓고 서까래까지 올려놓았는데 슬레이트지붕을 올려놨을 리 없다. 아마 원래의 기와지붕이 숨겨져 있던 것이거나 혹은 시간이 흘러 물이 새거나 기울어지자 그걸 걷어내고 슬레이트를 올린 것이었을 것이다. 슬레이트 역시 시간이 지나면서 지붕 역할을 하지 못

하자 기와 모양을 띤 칼라강판을 올리는 것으로 마무리한 것이 아닐까. 오랫동안 개발이 되지 않던 지역이라 세월의 흔적이 고스란히 느껴졌다. 삶의 흔적은 골목길 곳곳에 넘쳐나지만 시장 쪽을 제외하면 의외로 조용한 동네이기도 하다.

나처럼 이곳을 지나치는 사람들에게 골목길은 그저 지나간 세월을 돌아보는 여행길이겠지만 이 골목길에 살던 사람들에겐 게 다른 세상을 꿈꿀 자유가 없었다. 김승옥 작가에게 당시 세상은 이 창신동의 좁은 골목길보다도 더 답답했을 것이다. 출구 없는 허무한 이야기는 이렇게 쓰였다.

삶의 편리함과 생명력 사이에서

소설 속 내가 현재의 하숙집 대신 과거의 창신동 빈민가를 떠올린 이유 중 하나는 바로 이 소설의 또 다른 주인공이라 할 수 있는 날품팔이꾼 서씨 때문이다. 절름발이가 그나마 딸이라도 있었다면, 서씨 곁에는 아무도 없었다. 새로 이사 간 하숙집 주인의 말처럼 전쟁으로 파괴된 가정의 파편이라 할 수 있다.

골목길 함흥집에서 술을 마시다 만난 그는 자신을 서씨라 부르라며 말을 건넸다. 그는 자신을 함경도 출신으로 소개했고 홀로 월남해 공사장에서 일을 한다고 털어놨다. 그렇게 친해진 둘은 밤마다 술집을 찾는다.

어느 날 둘은 어깨동무를 하고 술집을 나와 동대문을 바라본다. 어두운 밤하늘에 흰한 모습으로 솟아 있는 동대문을 바라보며 서씨는 자신이 동대문을 좀 별다른 이유로 사랑한다고 말하며 나를 의아하게 만든다. 그 이유는 그날 새벽에 밝혀진다.

잠을 자고 있던 나를 깨워 한밤중의 어둠을 뚫고 데려간 곳은 바로 동대문이었다. 그는 날랜 몸짓으로 동대문 성벽을 마치 곡예단의 원숭이가 오르듯 올랐다. 축대 높이가 6미터 남짓이었으니 당시 사람들이 지금보다 키가 작았을 것을 고려하면 굉장히 높아 보였을 것이다. 잠시 후 더욱 놀라운 광경이 펼쳐졌다. 성벽 위로 오른 서씨가 금고만 한 돌덩이를 한 손에 하나씩 집어 번쩍 들어올린 것이다. 놀라서 입을 다물지 못한 내게 돌아와서는 소리 없이 웃는다. 서씨가 그렇게 힘이 센 것은 핏줄 때문이었다. 그의 가계는 대대로 거대한 힘을 가진 유전자을 갖고 태어났다. 중국인 아버지와 한국인 어머니 사이에서 태어난 서씨는 역사力士 가문 출신이었다. 그의 선조들은 대대로 중국에서 이름 있는 역사였고 그 힘으로 세상의 영광을 차지했다. 서씨 또한 그러한 조상들의 유전자를 고스란히 갖고 태어났지만 그는 자신의 힘을 드러내지 않고 눈에 띄지 않게 지낸다. 하다못해 공사판에서 남들보다 더 많은 일을 하면 돈을 벌 수 있었지만 그러지 않았다. 남들이 하는 만큼만 일했다. 대신 밤마다 동대문의 돌들을 옮기면서 그 힘이 유지되고 있음을 선조들에게 알렸다. 이제 그가 가진 힘은 공사판에서나 유용할 뿐 바뀐 세상에서는 필

요하지 않았다.

창신동 하숙집에는 또 한 명의 주변인물이 살고 있다. 바로 몸을 파는 영자였다. 자살을 하려고 손목에 그은 흔적을 대수롭지 않게 보여준다. 영자는 미스코리아대회가 열릴 때면 혼자 치장을 하고 나와선 하숙집 주인 앞에서 혼자만의 미스코리아대회에 출전한다. 그러면서 자신은 미스가 아니기 때문에 미스코리아에 출전할 자격이 없다는 식의 자조 섞인 한탄을 늘어놓는다.

이곳에 사는 인물들은 모두 나름의 사연을 안고 더없이 삭막한 삶을 이어간다. 절름발이는 툭하면 딸을 두들겨 패지만 아프기라도 하면 딸 걱정이 태산이다. '창신동에 사는 사람들은 모두 개새끼들이외다'라는 말을 아무렇지 않게 받아들이고 살아가는 사람들, 이들은 가난하고 가난하기 때문에 마음이 골목길에서 보이는 하늘보다 더 좁아졌다.

창신동 하숙집에 대한 나의 기억은 그렇게 정리되고 나는 다시 현재의 하숙집으로 돌아온다. 견딜 수 없을 정도로 규칙적인 집안의 가풍은 되는대로 살아가던 작가인 나에게는 너무나 견딜 수 없는 일이었다. 그래서 나는 작은 반란을 꿈꿨다. 온 가족이 마시는 보리차에 약국에서 구한 홍분제를 몰래 넣은 것이다. 그리고 잠시 후 방을 몰래 나와서 할아버지의 며느리가 매일 네 시에 치는 피아노 앞에 앉아서 건반을 마구 두드렸다. 그러자 얼마 후 할아버지가 나와서 나의 손을 잡는다. 벤치에 앉아서 얘기를 마친 그는 나에게 묻는다.

"어느 쪽이 틀려 있었을까요?"

그 어느 쪽이 창신동의 빈민굴인지 하얀 벽지가 발라져 있고 피아노가 있는 하숙집인지는 알 수 없다.

누가 틀렸을까?

후대의 평론가들은이 김승옥의 「역사」에 대해서 다양한 평가와 해석을 내놓았다. 나 역시 처음에 읽었을 때는 하얀 벽지가 있고 깨끗하지만 인간미라고는 느껴지지 않은 지금의 하숙집을 떠나서 원래 살던 창신동의 허름하고 낡은 하숙집으로 돌아가야 한다는 의미로 받아들였다. 인간성은 넓고 깨끗한 집에 있지 않다는 나름대로의 해석을 한 것이다. 하지만 창신동을 한 바퀴 돌아보고 난 후 생각이 달라졌다. 여전히 좁은 골목길과 낡은 집들은 그곳에 사는 사람들에게는 힘겹고 버거운 현실일 뿐이다.

우리가 힘든 시기를 돌아보는 건 지금이 살 만하기 때문이다. 예나 지금이나 어렵다면 삶은 고행의 연속일 뿐 돌아볼 수 있는 무언가가 되지 않는다. 그러니 섣불리 결론 내리지 말고 직접 돌아보기를 권한다.

시장을 지나서 다시 창신동의 한옥골목으로 돌아왔다. 이곳에 자리 잡은 도시형 한옥 역시 우리가 겪었던 치열한 삶의 흔적이다. 일제강점기로 접어들면서 경성은 인구가 급격하게 늘어난다. 거기에 일본인들까지 들어오면서 조선 사람에게는 살 만한 집과 땅이 절대적으로 부족해졌다. 이때 탄생한 것이 바로 도시형 한옥이다. 전통한옥에서는 볼 수 없는 중정을 중심으로 방을 배치해서 홀로 상경하거나 혹은 일가족이 세를 얻어서 살기에 적합하게 만들었다. 지금으로 치면 아파트를 만든 셈이다. 지금이야 '한옥 거리'나 '한옥 골목' 하면 정겹고 오랜 전통의 느낌이 나지만 당시로서는 삶의 최전선이었다. 수많은 사람들이 오가면서 그 흔적과 사연들을 남겨놨을 골목길을 지나 동대문으로 돌아왔다. 여전히 차들로 붐볐고 오가는 사람들도 많았다. 김승옥이 굳이 동대문과 창신동의 빈민가를 소설의 무대로 삼은 것도 어쩌면 고단한 사람들을 쉽게 찾아볼 수 있기 때문이지 않을까 싶다.

창신동을 돌아보고 나온 후의 동대문은 같은 듯하면서도 달랐다. 광장처럼 된 주변을 한 바퀴 걸으면서 소설의 내용을 다시금 곱씹었다. 소설은 복잡하게 구성되어 있고 결론도 명확하지 않다. 그래서인지 복잡한 동대문과 창신동의 골목길과 잘 어울렸다. 혹시나 하고 살펴봤지만 동대문 위에는 서씨 같은 역사가 보이지 않았다. 돌도 가지런히 정리되어 있었고, 2층 누각은 영롱한 햇빛을 느긋하게 받아들이고 있었다.

모두가 이방인이 되는 거리

「중국인 거리」
by 오정희

❦ 작품 소개 ❦

1979년 『문학과 지성』 봄호에 발표된 오정희의 단편소설이다. 한국전쟁의 참담한 흔적을 고스란히 간직하고 있는 인천의 중국인 거리를 배경으로 아홉 살 소녀의 성장통을 그리고 있다.

소녀는 피난지로부터 아버지의 일자리를 따라서 중국인 거리로 이사를 온다. 그녀는 매일 아침 맞은편 집에 사는 양갈보인 매기 언니를 보기 위해 치옥이를 만나러 간다. 계모 밑에서 괴롭힘을 당해 허벅지에 피멍을 달고 사는 치옥이는 자기도 크면 양갈보가 되겠다고 다짐한다. 치옥이만큼은 아니더라도 소녀 또한 엄마가 계속해서 아이를 낳는 바람에 제대로 된 보살핌을 받지 못한다. 소녀의 눈에 여성의 몸은 한 번도 자유로웠던 적이 없다. 여덟 번째 아이를 밀어내고 있는 엄마를 보며 소녀는 초경이 시작된 자신 또한 엄마와 같은 삶을 되풀이할 거라는 생각에 불안과 공포를 느낀다. 전쟁의 후유증이 가시지 않은 시기에 일찌감치 어른의 세계를 경험해야 했던 한 소녀의 성장기를 섬세한 문체로 그려내고 있다.

| 인천 차이나타운

　중식이 있는 곳이라면 샅샅이 찾아다니던 나이지만 인천 차이나타운은 초행이었다. 맛있는 교자집이 있다더라, 하얀 자장면이 있다더라, 탕후루와 월병, 공갈 과자 같은 온갖 간식을 맛볼 수 있다더라 하는 유혹에도 좀체 가볼 기회가 없었다. 1호선 맨 마지막 정거장, 신도림에서도 45분을 더 가야 닿는 인천역이 멀게만 느껴졌다.

　인천역에서 내리면 빨갛고 화려한 문이 보인다. 현관문이자 현판을 거는 '패루'인데 현판엔 중화가中華街라고 적혀 있다. 한눈에 중국인 거리임을 알 수 있다. TV에서도 많이 보던 장면이다. 그런데 조금 돌아다녀 보니 내 눈엔 어딘가 중국스럽지가 않다.

아무래도 이곳은 중국에서도 관광지에서나 볼 법한 모습을 하고 있다.

사실 차이나타운에서 우리가 알고 있는 중국의 모습을 기대해선 안 된다. 여기에 자리 잡은 이들은 대개 광복 이전에 한국에 들어와 중국 공산당이 중화민국을 점유하면서 돌아가지 못한 실향민들이기때문이다. 그러니까 엄밀히 말해 현재의 중국, 그러니까 '중화인민공화국'과는 상관이 없다. 이곳엔 신림동 같은 여타 차이나타운에 비해 조선족도 거의 없다. 대부분 중화민국(대만)과 대한민국의 이중국적이거나 한국 국적을 가진 화교2세가 대부분이다. 그럼에도 반중 정서가 강해지면서 오해를 많이 사고 있는 곳이기도 하다.

차이나타운 초입에 있는 패루에 '중화가'라고 적혀 있다.

「중국인 거리」에서도 어른들은 중국인들을 경멸하는 어조로 '뙤놈들'이라고 말했다. 밀수업자, 아편쟁이, 원수의 생간을 내어 먹는 오랑캐, 사람 고기로 만두를 빚는 백정 등으로 부르고 업신여겼다. 소설 속 중국인 거리에 사는 한국인들은 중국인들과는 굳게 문을 닫고 서로 왕래하지 않았다. 지금도 별반 다르지 않다는 생각이 든다.

나는 오랜만에 느끼는 중국 정취에 신이 났다. 관광객 대부분이 자장면 거리에 있는 중국 맛집을 즐기기 바쁘지만 사실 진짜 배기는 차이나타운의 언덕 뒤로 펼쳐져 있다. 차이나타운은 응봉산이라는 작은 산을 따라 조성되어 있기 때문에 대부분 길이 언덕으로 이루어져 있다. 그 언덕길을 따라 자유공원에 오르면 앞으로 바다가 펼쳐져 있는 차이나타운 일대가 한눈에 들어온다.

공원을 내려오다 보면 긴 계단 하나가 보인다. 계단을 중심으로 왼쪽은 청의 조계지 즉 지금의 차이나타운이, 오른쪽은 일본의 조계지로 일본풍 거리가 조성되어 있다. 계단 꼭대기엔 중앙을 중심으로 왼쪽으로 조금 치우쳐 있는 공자상이 세워져 있다. 마치 선을 넘지 않겠다는 듯 청의 조계지에 붙어 있는 것이다. 조계지란 외국인들이 한국의 법을 따르지 않아도 되는 치외법권 지역을 말한다. 이곳은 19세기 후반 개항하면서 외국인들이 주로 거주했다.

일본의 조계지였던 측에는 적산가옥이 즐비하다. '적산가옥'이란 광복 이전에 일본이 만들었던 일본 양식의 집 혹은나 일본인 소유의 집을 이르는 말이다. 요즘은 레트로가 유행하면서 많은 사람이 이국적인 풍경을 인스타그램에 남기기 위해 이 골목을 찾는다. 마치 시간을 거꾸로 돌린 것 같기도 하고 영화 세트장에 온 것 같기도 하다.

계단을 사이를 두고 청나라 조계지와 일본 조계지가 구분된다. 공자상이 청나라 조계지 쪽으로 붙어 있다.

그중에서도 단연 생각나는 드라마는 〈미스터 션샤인〉. 당장 어디에선가 김태리와 이병헌이 튀어나올 것 같다. 극중에서도 인천으로 입항하는 일본인과 미국인들이 곧잘 나오곤 했는데, 이곳에서 당시의 모습이 그려진다. 일본풍 거리에는 우리나라 최초의 서양식 호텔을 고증을 통해 복원한 '대불호텔'이 있다. 〈미스터 션샤인〉에서 나오는 '글로리호텔'과 굉장히 유사하다. 나도 여기서 가배를 한잔해야 할 것 같다. 옆으로는 르네상스식 석조건물 '인천개항박물관'이 보이는데 원래 이곳은 1899년에 건립된 일본 제은행으로 안에는 두껍고 육중한 문을 단 금고도 있었다.

개인적으로 이번 답사에서 가장 좋았던 건물은 자유공원 아래에 있는 '제물포구락부'이다. '구락부'란 클럽을 한자로 음차한 것으로 이곳은 당시 외국인들의 사교클럽이었다. 지금도 너무나 아름다운 모습이다. 입구에는 연회의 모습을 AR로 구현한 키오스크가 있는데, 이 공간에서 사교댄스를 즐기는 남녀의 영상이 너무 생생해서 마치 그 시대에 함께 있는 듯한 느낌을 준다. 햇살을 머금은 이 공간은 시간도 그때 그대로 멈춘 듯하다. 그래서인지 드라마 〈도깨비〉를 이곳에서 촬영하기도 했다. 현재는 전시관으로 시민들에게 개방하고 있다.

차이나타운은 단지 중국음식을 즐길 수 있는 관광지가 아니다. 이곳은 일제 시절 우리를 침략하려던 국가들이 문지방처럼 드나들며 국토를 짓밟았던 수탈의 현장이었다. 한편으로는 외국 문물을 가장 빨리 받아들였던 당시의 핫플레이스기도 했다. 이런 소중한 장소를 이제야 와봤다는 게 다소 부끄러웠다.

작품 「중국인 거리」

소설 「중국인 거리」의 시대적 배경은 6·25전쟁이 터지고 몇 해 뒤의 일이다. 주인공은 충북에 있는 피란지에서 살다가 아버지가 석유 배급소의 소장으로 취업이 되면서 할머니와 어머니, 형제들과 함께 인천으로 이사를 온다.

아까 살펴본 자유공원의 꼭대기에는 맥아더 장군의 동상이 바다를 보고 섰다. 작품에 따르면 '전설로 길이 남을 것이라는 상륙작전의 총지휘관이었던 노장군'의 동상이다. 6·25전쟁 당시 북한의 인민군은 경북의 낙동강까지 밀고 내려갔다. 낙동강 유역에서 양측은 오랫동안 교착 상태에 빠졌다. 이때 맥아더 장군이 인천으로 들어와서 교통로의 중심인 서울지역을 장악하는 '인천상륙작전'을 펼친다. 이 작전의 성공으로 전세는 역전된다. 하지만 인천에서는 치열한 전투가 벌어졌고, 무

차이나타운의 끝에 있는 자유공원에는 맥아더 동상이 바다를 보고 섰다.

차별 폭격으로 인명과 재산 피해가 막심했다.

그러니 개항장 조계지에 있던 아름다운 건물도 많이 파괴되고 거리는 흉흉했으리라. 이즈음 중국인 거리에는 중국인들뿐만 아니라 한국인도, 미군도 함께 살고 있었다. 집을 짓느라 해인초를 끓이는 냄새가 끊이지 않고 탄가루가 날리는 거리였다. 제분 공장의 매연도 날아왔다.

초등학교 2학년인 주인공은 이 낯선 거리의 낡은 목조 2층집에서 생활을 시작한다. 그녀의 집은 목조 2층집 거리 끝자락에

있었다. 그 집 앞으로 해서 큰 덩치에 지붕의 물매가 싸고 용마루가 밭은, 낯선 양식의 집들이 시작됐다. 갑각류의 동물처럼 입을 다문 집들이 비장하게 바다를 향해 서 있었다. 중국인들의 집이었다.

주인공은 친구 치옥이와 곧잘 붙어 다녔는데 치옥이네 집은 다른 목조 2층집이 그렇듯 양갈보에게 세를 주고 있었다. 2층 치옥이의 옆방에 사는 매기 언니는 흑인 미군과 살고 있었고 백인 사이에서 낳은 다섯 살 제니를 키우고 있었다. 치옥이는 제니를 인형처럼 귀여워하며 돌본다. 치옥이는 아버지와 계모와 함께 살았는데 하도 괴롭힘을 당해서 허벅지에 온통 피멍이 들어 있었다. 치옥이는 이렇게 말한다.

"난 커서 양갈보가 될 거야."

주인공은 치옥이만큼 불우한 환경도, 그 거리에서 유일하게 양갈보에게 세를 주지도 않았지만 엄마가 끊임없이 아이를 배고 출산하는 바람에 그녀를 돌봐주는 사람이 마땅치 않다. 그래서 그녀는 치옥이에게 자신의 엄마도 계모라고 거짓말을 한다. 그리고 속으로는 실제로 의붓자식이기를, 그래서 차라리 맘대로 나가버리기를 바란다. 부모에게서 사랑받지 못하는 서운함이 큰 것이다.

엄마는 푸줏간에 고기를 사오라고 하며 늘 이렇게 시켰다. "적게 주거든, 애라고 조금 주느냐고 말해라, 그리고 또 비계는 말고 살로 주세요, 해라." 그래서 그녀는 푸줏간에 가서 이렇게 외치곤 했다. "애라고 조금 주세요?"

한편 주인공은 이사 온 첫날 2층 덧창으로 얼굴을 내민 중국인 젊은 청년과 눈이 마주친다. 그 이후로도 여러 번 무표정하게 2층에서 지켜보는 청년을 마주친다. 한번은 그녀가 이발소를 찾은 날 상고머리를 주문했는데 아저씨가 됫박머리를 만든 일이 있었다. 아저씨는 "이왕 깎은 걸 어떡하니, 다음 번에 다시 잘 깎아주마." 했지만 그녀는 바락바락 악을 쓰며 대꾸했다.

"그러기에 왜 아저씨는 이발만 열심히 하지 잡담을 하느냔 말예요."

이발소가 와아 웃음바다가 됐을 때 뒤에서 중국인 청년을 발견했다. 그녀는 문 앞으로 가서 외쳤다.

"죽을 때까지 이발쟁이나 하세요!"

소녀는 달음질쳐 집으로 돌아와 골방에 숨어들었다. 그리고 한없는 슬픔을 느꼈다.

그러던 어느 날 새벽이 소란스러웠다. 치옥이네 집 2층에 사는 흑인 미군이 술에 취해 아래를 내려다보고 있었다. "위에서 던져버렸다는군." 그렇게 매기 언니는 죽었다. 제니는 얼마 후 성당의 고아원으로 보내졌다. 얼마 뒤에는 제분공장에 다니던 치옥이의 아버지가 공장에서 벨트에 감겨 다리를 잃는다. 치옥이의 부모는 치옥이를 삼거리의 미장원에 맡기고 거리를 떠났다. 치옥이는 이후로 미장원에서 일을 시작했다.

주인공은 중국인 청년으로부터 작은 선물꾸러미를 받는다. 집

으로 돌아오니 엄마는 여덟 번째 아이를 밀어내고 있었다. 그녀는 벽장으로 숨어 들어가 잠이 든다. 잠에서 깬 그녀는 알 수 없는 절망감과 막막함으로 어머니를 부른다. 그리고 거미줄처럼 온몸을 끈끈하게 죄고 있는 열기의 정체를 찾아낸다. 초경이 시작된 것이다.

죽음을 향해 스러져가는 여성들

「중국인 거리」에서 다루는 대부분의 인물은 여성이다. 이 여성들의 삶은 대부분 막막하고 불행하다. 치옥이는 계모에게 학대를 당하면서 양갈보가 되겠다고 말한다. 그리고 끝내 부모에게 버려진다. 매기 언니는 흑인 미군에게 살해되고 제니는 고아원으로 간다. 매기 언니의 동생은 죽은 매기 언니의 짐은 실어가면서도 딸인 제니는 버리고 간다.

할머니는 결혼한 지 얼마 안 돼 남편이 자신의 여동생을 첩으로 들이는 바람에 평생 자식 없이 외롭게 살았다. 할머니는 어느 날 갑자기 쓰러지더니 치매에 걸려 할아버지에게 보내졌지만 이내 죽음을 맞이한다. 엄마는 매번 애만 낳는다. 나는 엄마가 제발 아이를 그만 낳았으면 좋겠다고 생각한다. 또 아이를 낳게 된다면 엄마가 꼭 죽을 것만 같다.

불행한 여성들의 삶을 지켜보며 자란 탓인지 그녀의 행동에는 아이다움이 없다. 푸줏간 아저씨에게 "애라고 조금 주세요?"라고 쏘아붙이거나 이발소 아저씨에게 "죽을 때까지 이발쟁이나 하세요."와 같은 말을 내뱉는다. 여성으로 성장하면서 불안한 미래를 감출 수가 없다. 그래서 마지막 장면에서 초경을 치르며 '이해할 수 없는 절망감과 막막함'을 느낀다.

그런데 소설에서 유일하게 환상 같은 장면이 있다. 바로 중국인 청년이 나타나는 장면이다. 처음에는 주인공을 바라보는 낯선 청년이 등장하는 것이 영 불안했다. 하지만 청년은 주인공이 외롭고 불안할 때마다 조용히 바라보고 있었다. 마지막에는 나에게 미소를 지으며 작은 선물을 준다. 돌봐줄 어른 하나 없이 막막한 시절을 보내는 주인공에게 유일하게 따뜻한 시선을 보내는 사람이다. 이는 의식에 투영된 자신일 수도 있고, 상상 속의 인물일 수도 있다. 중국인 거리라는 삭막한 어린 시절의 기억 속에 보내는 작가의 애틋한 시선이 느껴지는 대목이다.

오정희 작가

이 이야기는 오정희 작가의 자전적 소설이다. 오정희 작가의 부모님은 해방 직후 1947년에 월남하여 서울에 자리를 잡았고 오정희 작가는 그해 11월 사직동에서 태어났다. 1951년에는 어머니가 여섯 번째 아기를 가진 탓에 가족들이 피난을 가지 못하고 서울에서 전쟁을 겪었다. 나중에 후퇴하는 국군을 따라 피난길에 올랐다가 아버지는 군대에 징집되고 가족들은 충남 홍성에서 피난살이를 시작했다.

1955년 4월 아버지가 석유회사의 인천 출장소 소장으로 취직되면서 인천으로 이주한다. 신흥초등학교 2학년으로 전학을 갔고 인천에서 4년 동안 세 번을 이사했다. 마지막 살던 집에서 길 건너 언덕배기가 중국인 거리였다. 소설은 아버지가 석유회사에 취직해 피난지에서 인천으로 가는 장면으로 시작하는데 모두 작가가 겪은 그대로다. 1959년에는 아버지의 전근으로 서울 마포구로 떠난다. 2학년에서 6학년까지의 인천생활이 소설에 그대로 담겨 있다.

중학교 2학년 작가의 막냇동생이 사고로 죽고 이는 작가의 삶에 큰 영향을 미쳤다. 그는 문예창작과에 진학해 「완구점 여인」이라는 작품으로 등단한다. 이후 많은 단편소설을 창작했다.

결혼 후에는 아이들을 낳고 키우느라 작품이 많지 않은 편이지만 섬세한 문장과 여성 성장에 대한 서사로 한국 문학에 큰 인상을 남겼다. 2003년에는 『새』라는 장편소설로 독일의 문학상인 리베라투르상을 받았다. 한국인 최초의 해외문학상이었다.

전후 빨리 어른이 되어야 했던 아이의 성장소설

우리가 방문했던 날 차이나타운은 '인천개항장 문화재 야행'이라는 행사를 하고 있었다. 커다란 보름달 풍선을 띄워놓았고, 밤이 되자 거리에는 화려한 조명도 들어왔다. 그런 시끌벅적함 속에서도 내 눈에 차이나타운은 조금 쓸쓸했다. 아마 누구나 조금씩은 이방인의 감정을 느끼지 않았을까. 여러 문화가 혼재되어 즐길 수 있는 이색적인 분위기가, 한편으론 소속감을 주지 못해 쓸쓸함을 안기는 것이다.

「중국인 거리」는 전후의 참담한 흔적을 생생히 묘사한다. 이곳은 화려한 사교클럽과 제1호은행이 들어설 정도로 신문물이 빨리 들어왔지만 인천상륙작전으로 모든 게 초토화되었다. 전쟁 직전 사진을 보면 응봉산은 울창한 숲에 꼭대기에는 커다랗게 신식으로 지어진 커다란 영국 영사관이 있었는데 6·25전쟁 때 전부 소실되었다. 그러니 전후에는 집을 짓느라 해인초 끓이는 냄새가 끊이지 않았다. 더불어 전후 베이비붐으로 주인공의 엄마처럼 출산도 끊이지 않았다.

작품 속에는 당시의 전후 풍경을 여러 군데서 찾아볼 수 있다. 석탄을 주워다가 간식으로 바꾸느라 사철 검정 강아지였던 어린아이들, 숙직실 부엌에 아이들을 엎드리게 하고는 탄가루가 없을 때까지 미지근한 물을 끼얹는 선생님, 포격에 무너져 썩은 이빨처럼 형태만 남은 건물들… 주인공은 이를 메스껍고, 노랗고,

어질어질하게 기억한다. 작품을 읽는 우리도 덩달아 풍경이 아지랑이처럼 아른아른하다.

작품은 또한 전쟁의 후유증이 남아 있는 상황에서 어른의 세계를 일찌감치 경험한 소녀의 성장통을 그리고 있다. 지금이야 아이들이 어른들의 보호 아래 있다지만 근대까지만 해도 아이들은 그저 '작은 어른'에 지나지 않았다. 「중국인 거리」에서는 누구도 주인공을 붙들고 친절하게 설명해주지 않는다. 아이는 더 빨리 어른이 되어야 했으리라. 그 혼돈과 불안이 작품 속에 고스란히 묻어 있다. 외롭고 쓸쓸하고 절망도 했다가 결국에는 성장해가는 모습이다.

하지만 이 작품에는 혼란스러움과 더불어 따스함이 있다. 할머니의 유품을 안고 기억하는 주인공과 선물을 주며 미소를 건네는 중국인 청년, 그리고 제니를 챙기는 치옥이까지 서로가 서로를 감싸면서 앞으로 나아간다.

아직 가보지 않았다면 인천 중구 차이나타운에 꼭 한 번 가봤으면 좋겠다. 과거와 현재와 미래를 수직으로 잘라놓은 듯한 이 거리에서 쓸쓸함과 함께 성장통 같은 설렘을 같이 느껴봤으면 좋겠다.

그곳에 사람이 살고 있다

『원미동 사람들』
—
by 양귀자

❧ 작품 소개 ❧

양귀자 작가가 1987년에 발표한 연작소설로 1980년대 원미동 골목길에 사는 소시민의 삶을 담고 있다. 그중에서도 「일용할 양식」은 생계를 둘러싸고 벌어지는 이해관계를 적나라하게 보여준다. 이야기는 경호네가 운영하는 김포쌀상회가 김포슈퍼로 상호를 바꾸면서 시작된다. 원래는 쌀과 연탄만 취급하다 옆 가게를 헐고 가게를 확장한 것이다. 그런 김포슈퍼가 김 반장은 달가울 리 없다. 김포슈퍼에서 백 미터 떨어진 거리에 김 반장이 운영하는 형제슈퍼가 있기 때문이다. 김 반장은 맞불을 놓기로 하고 지금까지 취급하지 않던 연탄과 쌀을 잔뜩 들여놓는다. 김포슈퍼 역시 가만있지 않았다. 가격을 내리고 덤도 얹어준다. 둘의 경쟁으로 신난 것은 주민들뿐이었다. 하지만 김포슈퍼와 형제슈퍼 중간에 싱싱청과물이 들어서면서 사건은 또다시 새로운 국면으로 접어든다. 작가는 대한민국의 축소판과도 같은 원미동 사람들의 모습을 통해 이해관계에 얽힌 인간의 복잡한 내면을 섬세하게 묘사하고 있다.

멀고도 아름다운 동네

『원미동 사람들』은 열한 편의 단편으로 구성된 양귀자 작가의 연작소설이다. 제목처럼 1980년대 원미동을 배경으로 소시민의 고단한 일상을 섬세하게 그려냈다. 작가가 원미동에서 직접 느끼고 체험한 이야기라 그런지 생생한 묘사와 더불어 작가 특유의 따스한 시선이 느껴진다.

참고로 연작에 등장하는 원미동遠美洞은 글자 그대로 '멀고도 아름다운 곳'을 뜻한다. 어쩐지 인생은 멀리서 보면 희극이지만 가까이서 보면 비극이라는 말이 생각난다. 작가는 원미동의 숨은 의미처럼 평범한 소시민의 일상에 확대경을 들이대 그들의 사악함과 나약함을 그려낸다. 현대문학사에 커다란 족적을 남긴

작품이 되면서 원미동은 이제 대한민국 사람들이면 다 아는 동네가 되었다. 물론 소설 속 인물들이 긍정적으로 그려져 있지 않아 불편해하는 주민들도 있다지만 사실 그래서 더 현실적이다.

나는 열한 편의 단편들 중 「일용할 양식」을 가장 좋아한다. 일부 독자나 평론가들은 이 소설 속 인물들의 위선적이고 가식적인 모습에 초점을 맞추기도 하지만 삶이란 으레 위선과 가식으로 가득 차 있지 않은가. 사람들은 뭐든지 자신의 이익이나 사회적 위치를 기준으로 판단하고 결정을 내리는 법이다.

「일용할 양식」은 1987년 문학과지성사에서 발간한 『우리 시대의 문학』 6집에 실린 단편소설이다. 행복사진관 엄씨가 인삼찻집 아가씨와 벌인 연애 소동이 잠잠해지고 겨울이 찾아올 무렵의 일이다.

따뜻한 아랫목에서 TV를 보는 것이 유일한 낙이었던 원미동의 겨울을 후끈 달아오르게 한 사건이 벌어졌다. 이야기는 경호네가 운영하던 김포쌀상회가 김포슈퍼로 상호를 바꾸면서 시작된다. 원래는 쌀과 연탄만 취급했는데 열심히 돈을 모은 덕에 비어 있는 옆 가게를 헐고 가게를 확장한 것이다. 쌀과 연탄은 당시 소시민들에게 생필품이었다. 쌀쌀한 바람이 불 즈음이 되면 연탄광에 연탄을 가득 채우고 덤으로 번개탄도 몇 개 쟁여놔야 안심이 되던 시절이었다. 경호네는 처음에는 고향에서 가져온 쌀을 팔다 부부가 열심히 일한 덕에 주민들과 별 갈등 없이 자리를 잡을 수 있었고 4년 만에 가게를 확장하면서 김포슈퍼로 간판을 바꿔 달았다. 이웃 주민들은 억척스럽게 가게를 확장한 경호네를 주민들은 자기 일처럼 기뻐했다. 딱 한 명만 빼고 말이다.

골목 전쟁

「일용할 양식」의 또 다른 주인공인 김 반장은 말 그대로 동네 반장이다. 지금이야 존재감이 없지만 예전에는 통장과 반장이 골목 제왕이나 다름없었다. 원미동 23통 5반 반장이었던 그는 워낙 일을 성실하게 한 탓에 이후에도 주민들에게 김 반장이라 불렸다. 문제는 그의 생계를 책임진 곳 역시 슈퍼였다는 것이다.

지도를 보면 김포슈퍼에서 골목 한 번 꺾어지면 나오는곳이 형제슈퍼다. 소설에서는 거리가 백 미터라고 했다. 스물여덟 살 김 반장의 어깨에는 온 가족의 생계가 걸려 있다. 아버지는 다쳐서 몸져누웠고 어머니는 그런 아버지를 돌보고 동생들까지 챙기느라 정신이 없다. 어린 동생들이 넷이나 되

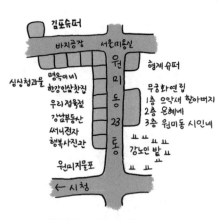

소설 『원미동 사람들』 원미동 23통 5반 지도

고 팔순의 할머니까지 모시고 있었으니 그가 운영하는 형제슈퍼가 문을 닫으면 그야말로 온 가족이 굶어 죽을 판이었다. 정확히 고향이 어디인지는 알 수 없지만 종종 전라도 사투리를 쓰는 걸 보면 원미동 토박이는 아닌 듯하다. 낯선 곳에 뿌리를 내리려면 속내야 어떻든 일단 착하고 겸손해야 토박이들의 눈에 벗어나지 않는다는 것을 김 반장은 모르지 않았다.

어쨌든 갑작스럽게 등장한 경쟁자의 등장은 온 가족의 생계를 책임지고 있던 김 반장에게 위기감을 불러왔다. 경호네 부부는 친절하고 싹싹한 데다 근면 성실하기까지 해서 주민들로부터 김 반장 못지않은 신뢰를 얻고 있었다.

결국 김 반장은 맞불을 놓기로 하고 지금껏 취급하지 않던 연탄을 가게에 잔뜩 들여놓았다. 창고에 쌀과 잡곡까지 들여놓고 쌀과 연탄을 판매한다는 입간판까지 세워놓았다. 원래 김 반장네 슈퍼는 말이 슈퍼지 채소나 과일을 주로 팔았고 기껏해야 간단한 생필품 정도만 취급했다. 그런데 김포슈퍼가 문을 연 지 얼마 되지도 않아 보란 듯이 쌀과 연탄을 판매한다고 나선 것이다.

사실 당시 김 반장네 사정은 그리 좋지 않았다. 채소나 과일을 싸게 팔고자 산지에서 직접 매입해올 요량으로 있는 돈 없는 돈 끌어모아 짐차 하나를 샀다가 사람을 치는 사고를 내고 오히려 보상금과 치료비에 짐차를 되팔고도 적잖은 빚만 떠안게 된 것이다.

어쨌든 동네 사람들은 어리둥절해하다가 깨달았다. 김포슈퍼와 형제슈퍼가 얼마 떨어져 있지 않다는 사실을 말이다. 사실 비어 있는 가게 자리에 상점이라도 들어오면 어떡하나 김 반장은 늘 노심초사였다. 그러던 차에 예상 밖의 상황이 벌어진 것이다.

김 반장뿐만 아니라 온 가족까지 나서서 쌀과 연탄을 사달라고 하니 원미동 사람들은 이러지도 저러지도 못했다. 양쪽씩 번갈아가며 사자는 얘기가 나왔지만 그런 번거로운 짓을 내 돈 주고 하겠다는 사람은 별로 없었다. 결국 원미동 사람들은 양쪽의 눈치를 봐야 할 처지에 빠진다. 상황이 그렇게 흐르자 김포슈퍼 역시 가만있지 않았다. 가격을 바짝 내리고 덤도 얹어준 것이다. 형제슈퍼도 이에 질세라 가격을 내리면서 양쪽은 그야말로 팔아도 본전이 안 남는 상황까지 치닫는다. 이제 동네 주민들은 멀리 떨어진 시장까지 가지 않아도 싼값에 쌀과 연탄은 물론 야채와 채소까지 살 수 있게 되었다. 그렇게 겨울이 지나고 다음 해 봄이 될 무렵, 또다시 예상 밖의 상황이 벌어진다. 한적한 골목길이라서 텅 비어 있던 상가에 별안간 싱싱청과물이라는 상점이 들어온 것이다. 동네 부동산이 아닌 다른 곳을 통해서 입점한 모양인데 청과물이라는 간판과 달리 채소를 비롯해서 부식들도 같이 판매했다. 하필 위치도 출혈 경쟁 중인 김포슈퍼와 형제슈퍼의 딱 중간이었다. 출혈 경쟁으로 양쪽 모두 지쳐갈 무렵 벌어진 일이었다.

원미동 사람들이 모두 지켜보는 가운데 김포슈퍼와 형제슈퍼는 손을 잡고 싱싱청과물 죽이기에 나선다. 일단 양쪽 슈퍼에서 판매하는 상품 가격을 똑같이 맞추고 싱싱청과물에서 판매하는 상품만 대폭 인하해서 판매했다. 그러자 동네 주민들은 굳이 새로 생긴 싱싱청과물에 갈 이유가 사라졌다. 거기다 김포슈퍼를 운영하는 경호 아버지가 청과물시장에서 떼온 과일과 채소들을 형제슈퍼에 공급했다. 그러자 싱싱청과물은 채소나 부식 판매를 그만두는 것으로 조용히 한발 물러섰다. 하지만 김 반장과 경호 아버지는 아예 새로운 경쟁자를 말려 죽일 생각이었다. 음력설이 되자 세 곳 모두 제사상에 올리고 선물용으로 쓸 과일을 대량으로 들여놨다. 김포슈퍼와 형제슈퍼는 모두 싱싱청과물보다 싼 가격으로 과일을 팔았다. 원미동 주민들은 아무래도 새로 들어온 싱싱청과물보다는 기존에 다니던 곳을 찾았던 터라 싱싱청과물은 점점 더 큰 손해를 보았다. 김 반장은 한술 더 떠 아예 마이크를 가져와서는 과일을 싸게 판다고 훼방까지 놓는다. 결국 견디다 못한 싱싱청과물 주인이 덤벼들지만 김 반장의 살벌한 주먹에 코피만 터지고 만다. 김 반장은 장사를 망치는 놈은 누구든 가만 놔두지 않겠다고 엄포를 놓았다. 원미동 주민들이 나서서 뜯어말리고 나서야 싸움은 끝이 난다. 결국 싱싱청과물은 음력설이 지나고 얼마 지나지 않아 문을 닫는다.

전쟁은 끝났지만 후유증은 길게 남았다. 공동의 적이 사라진 김포슈퍼와 형제슈퍼가 공존의 길을 찾아 갈지 아니면 예전처럼 다시 첨예한 대립을 할지부터가 새로운 관심사였다. 아무리 먹고살기 위해서라지만 타인을 잔인하게 짓밟은 김 반장의 모습에

동네 사람들은 몸을 떨었다. 하지만 굿이나 보고 떡이나 먹자는 소라 엄마의 말이 아마 원미동 사람들의 진심이었을 것이다. 김 반장만큼은 아니더라도 생계를 위해서라면 누구든 투쟁할 준비가 되어 있지 않을까. 실제로 방금 전까지 김 반장을 너무하다고 비난하던 써니전자의 시내 엄마는 성성청과물이 나간 자리에 전파상이 들어온다는 강남부동산 고흥댁의 말에 얼굴이 파래졌다. 어쩌면 이 장면이 양귀자 작가가 우리에게 들려주고 싶은 얘기일지도 모르겠다. 누군가를 비난하거나 비판하기는 쉽다. 하지만 그 일이 내 일이 되어 생계의 목줄을 움켜쥐게 되면 누구든 원리원칙을 따지면서 가만있지만은 않을 것이다. 내가 먹고살 수 있을 때라야 원리원칙도 따질 수 있다. 그걸 위선적이라고 한다면 대한민국 사람 대부분은 위선자인 셈이다.

마무리는 무궁화연립1층에 사는 으악새 할아버지의 으악 거리는 소리로 끝을 맺는다. 오래된 작품이지만 읽기 쉽고 특히 캐릭터에 대한 성실한 묘사가 이야기를 잘 끌어간다. 김포슈퍼를 운영하는 경호네와 형제슈퍼를 운영하는 김 반장이 상대방을 꺾기 위해 사생결단하는 장면이나 불현듯 나타난 성성청과물이라는 새로운 경쟁자를 꺾기 위해 손을 잡는 장면은 굉장히 인상적이었다.

골목길

양귀자 작가가 실제로 거주했고 이곳을 무대로 썼기 때문에 원미동에 가면 소설의 흔적을 많이 찾아볼 수 있다. 특히 옛 원미구청이었던 자리에 들어선 원미어울마당 옆의 부천로 136길이 '원미동 사람들의 거리'로 조성되어 있다.

이곳은 1호선 부천역과 7호선 춘의역 딱 중간에 있다. 부천역에서 내리면 3번이나 4번, 혹은 5번 출구로 나와서 북부역 사거리를 지나 부천로를 따라 직진하면 된다. 그러다가 아이원

『원미동 사람들』 골목길 안내판

팰리스가 있는 사거리에서 오른쪽으로 틀면 보인다. 도보로 걸으면 대략 20분 정도 걸린다. 춘의역의 경우 2번 출구로 나와서 직진하다가 원미어울마당 삼거리를 지나 아이원팰리스가 있는 사거리에서 왼쪽 골목으로 들어가면 된다. 50미터쯤 걸어가면 '원미동 사람들의 거리'를 알리는 작은 안내판이 기둥에 붙어 있고, 거기서부터 조성된 공간이 이어진다.

우연의 일치인지는 몰라도

'원미동 사람들의 거리'에 조성되어 있는 작은 분수대와 작품 속 인물들의 특징을 살린 동상들

거리가 시작되는 작은 사거리 한쪽에 슈퍼가 자리 잡고 있다. 100미터 남짓한 거리에 흔히 볼 수 있는 식당들과 낮은 빌라들이 예전의 느낌을 물씬 풍긴다. 거리 끝자락의 생선구이 집 이름이 '원미동 사람들'이라는 점도 눈길을 끈다. 조성된 거리 중간에는 작은 분수대와 동상들이 보인다. 『원미동 사람들』에 나오는 세 명의 인물을 형상화한 것이다. 러닝셔츠 차림에 삽을 든 강 노인과 라면박스를 든 김 반장, 그리고 분수대에 앉아 책을 읽고 있는 동상은 원미동 시인이라 불리며 김 반장에게 노동력을 착취당하는 몽달 씨다. 소설을 읽어보면 알겠지만 각자의 특징을 잘 잡아냈다.

여기만 둘러보는 게 아쉽다면 추천할 곳이 또 있다. 〈원미동 사람들〉이라는 생선구이 가게를 끼고 있는 사거리에서 왼쪽 골목으로 들어갔다가 첫 번째 삼거리에서 오른쪽으로 틀면 된다. 양쪽으로 다세대 빌라들이 늘어선 골목길을 지나 사거리를 건너면 대화아파트가 나온다. 98세대가 사는 작은 아파트로 소설 속 으악새 할아버지가 1층에서 툭 하면 으악 하고 소리를 지르던 무궁화연립이 바로 이곳이다. 3층으로 되어 있는데 2층은 『원미동 사람들』의 첫 번째 단편인 「멀고도 아름다운 동네」에 주연으로 등장하는 은혜네가 살고 있다. 3층에는 원미동 시인이자 형제슈퍼에서 일하는 몽달 씨가 아버지와 새어머니와 함께 지내고 있다. 골목길의 나머지 장소들이 대부분 슈퍼나 전파상, 부동산이나 지물포 같은 상점들이었다면 이곳은 사람들이 거주하는 연립주택이었다. 실제 존재했던 곳이지만 1999년 재개발이 되면서 대화아파트로 이름이 바뀌었다. 아파트 입구에는 이곳이 소설 속 무궁화연립이라는 사실과 양귀자 작가에 대한 소개가 작은 안내판에 적혀 있다. 이것만으로도 성이 차지 않는다면 원미산의 원미공원 문학동산의 터널에 있는 원미동 지도를

무궁화연립 안내판

보는 것도 나쁘지 않다.

양귀자 작가가 『원미동 사람들』을 집필하던 1980년대 후반은 대한민국에 두 가지 열풍이 불고 있었다. 하나는 민주화였고 다른 하나는 경제발전이다. 비록 정권 교체는 실패했지만 신군부가 6·29선언을 함으로써 국민이 직접 대통령을 뽑을 수 있는 전진을 이루어냈다. 경제발전은 1980년대 후반, 정확하게는 전두환과 노태우의 정권 교체기에 저유가와 저금리, 저달러의 영향으로 벌어진 삼저 호황이 일어났다. 1985년 미국이 일본의 경제성장에 제동을 걸기 위해 엔화의 가치를 높이는 플라자 합의를 한 것이 시작이었다.

일본 엔화의 가치가 높아지면서 상대적으로 가격 경쟁력을 가질 수 있었던 한국산 제품들이 국제무대에서 두각을 나타내기 시작했다. 거기에 유가가 떨어지고, 그 영향을 받아 금리까지 낮아지면서 수출에 유리한 조건이 형성되었다. 단군 이래 최대 호황이라는 얘기와 함께 매년 10퍼센트 이상의 고성장과 국제수지 흑자를 기록하기도 했다. 이런 호황의 바람은 부천의 원미동에까지 미친다. 김 반장이 무리를 해서 짐차를 사들이고 싱싱청과물이 한적한 골목길에 상점을 연 것도 이러한 배경과 무관하지 않다.

열한 편의 단편을 다 읽은 후에도 여전히 고민에 빠진다. 원미동 골목길의 사람들을 어떻게 바라봐야 할까. 한 가지 명확한 건 나름대로 삶에 최선을 다해 살아가는 사람들이라는 것이다. 예전에 인천 답사를 갔을 때 검정 플라스틱 통에 연탄이 가득 들어 있는 걸 보았다. 연탄이 무엇인지 잘 몰랐던 일행은 그냥 지나쳤지만 나는 그렇지 못했다. 한겨울에 연탄불이 꺼진다는 게 어떤 것인지 너무나 잘 알고 있기 때문이다. 어린 시절 연탄 수백 장을 지하실의 연탄아궁이 옆이나 대문 옆 작은 창고에 쌓아놓으면서 어머니가 안도의 한숨을 쉬던 것을 나는 기억한다. 그래서 한겨울에 쓸 연탄을 장만하고 만족해했을 원미동 사람들의 마음을 이해할 수 있다. 한 푼 두 푼 아껴서 자식들을 공부시키고 가족들을 부양하는 것이야말로 원미동 사람들에게는 삶의 전부였을 것이다. 이는 가난에 대한 절망보단 돈을 더 벌어야겠다는 욕망에 더 가깝다. 경호 아버지가 옆 가게를 사들여서 슈퍼를 열고 김 반장이 무리를 해서 짐차를 사게 된 것도 이 때문이다. 그 와중에 작가는 원미동 사람들이 절묘한 균형을 이루며 살아가는 모습을 통해 작가는 결국 삶은 항상 좋은 것도 항상 나쁜 것도 아니라는 것을 보여주었다. 이것이야말로 1980년대 『원미동 사람들』이 현재의 우리들에게 들려주고 싶은 진짜 속내일 것이다.

괭이부리말에 구경 가지 마세요

『괭이부리말 아이들』
by 김중미

❧ **작품 소개** ❧

2000년 창비출판사가 주최한 〈좋은 어린이책〉에서 수상한 김중미 작가의 장편 창작동화다. 작가 본인이 인천시 동구 만석동에 거주한 경험을 바탕으로 지역주민들의 진솔한 삶을 그려내고 있다. 1990년대 후반의 괭이부리말에 사는 초등학교 5학년 숙자와 숙희는 쌍둥이다. 숙자는 집 나간 엄마를 대신해 집안일을 하고 숙희는 숙자와 달리 밖으로 나돈다. 쌍둥이 자매와 친한 동준이네는 어릴 적 엄마가 집을 나가고 아빠마저 돈을 벌어오겠다는 말을 남기고 그 길로 돌아오지 않는다. 동준이의 형인 동수 또한 동생에게 의지가 되지 못하고 일탈을 일삼는다. 스물다섯의 청년 영호는 어릴 적 바다에서 아버지를 잃고 어머니마저 최근 자궁암으로 돌아가시면서 실의에 빠진다. 그러던 어느 날 영호는 공사장에서 본드에 취한 동수와 명환이를 발견하고 집으로 데려와 이들을 보살피기 시작한다. 작가는 각자 사연과 상처가 있는 아이들이 한 집에 모여 살면서 조금씩 마음을 허물고 가족이 되어가는 이야기를 따뜻한 시선으로 담아내었다.

200만 부 팔린 청소년 필독서

분명히 어릴 적 읽었는데 책이 어딨더라…. 한참 찾다가 포기하고 중고서점에서 한 권을 구했다. 2001년 MBC 프로그램 〈느낌표〉라는 프로그램에서는 '책책책 책을 읽읍시다' 코너가 한창 화제였다. 당시 김용만, 유재석이 재치 있게 진행하며 온 국민을 독서 열풍으로 몰아넣었다. 『괭이부리말 아이들』은 이 코너에서 첫 번째로 선정한 책이다. 책이 소개되고 사랑을 받아 200만 부 이상이 팔렸으니 아마 당시 이 책을 안 읽은 청소년은 거의 없을 테다. 당시엔 이렇게 100만 부 이상이 팔린 '밀리언셀러' 도서가 왕왕 나오곤 했는데, 지금은 1년에 한 번 나올까 말까 하니 당시 유명한 책의 인기는 오늘날 인기 있는 넷플릭스 시리

즈와 비슷하지 않았을까.

하긴 벌써 20년이 넘은 이야기니 여러 번의 이사 끝에 책이 남아 있을 리가 없다. 인천에 답사를 가기 전 기억을 더듬으며 책을 펼쳤다. '가물가물하지만 따뜻한 이야기였던 것 같은데…. 조금만 읽다 자야지.' 그날 밤 나는 눈물 콧물을 훌쩍이며 몇 시간 동안 앉은자리에서 소설을 끝까지 읽어 나갔다.

가난한 동네에서 펼쳐지는 동화 같은 이야기

쌍둥이 숙자와 숙희는 초등학교 5학년이다. 술만 마시면 횡포를 부리는 아빠를 견디지 못하고 어느 날 엄마가 집을 나간다. 갑작스레 남겨진 숙자는 엄마 대신 집안일을 하며 매일 눈치를 본다. 부채춤 출 때 입을 한복이 없어서, 운동회 때 올 사람이 아무도 없어서 선생님께는 아프다고 핑계를 대고 운동회 연습을 빠진다. 그치만 숙희는 태연히 운동회 연습을 하고 친구네 집에서 숙제를 하고 늦게까지 돌아다니며 제멋대로 행동하는 천방지축이다.

숙자와 숙희는 동준이와 어울려 다닌다. 워낙 친해서 동준이는 뒷모습만 봐도 누가 숙자이고 숙희인지 알아챈다. 동준이는 어릴 적 엄마가 집을 나간 뒤 아빠와 살았지만 아빠는 돈 30만 원과 함께 돈을 벌어 오겠다는 편지만 남기고 그 길로 돌아오지 않았다. 의지할 사람이라곤 형인 동수밖에 없는데 동수마저 집에 잘 들어오지 않고 일탈을 일삼는다.

한편 동네에는 스물다섯의 청년 영호가 살고 있다. 영호는 어릴 적 아버지를 바다에서 잃고 어머니가 고생해서 번 돈으로 고등학교를 마쳤다. 그랬던 어머니마저 최근 자궁암으로 갑자기 돌아가시면서 영호는 실의에 빠졌다. 일자리를 구하러 다닐 즈음에는 영호가 주로 일하던 건축 현장에 일이 없었다. 그러던 중 영호는 공사장에서 들리는 소리를 듣고 들어갔다가 본드에 취한 동수와 친구 명환이를 발견한다. 집으로 데려가 물을 끼얹고 담요를 덮어주고 밥을 주며 돌본다. 정신이 돌아온 동수를 데려다주러 간 집에서 영호는 동준이와 동수가 아무런 보살핌 없이 힘든 환경에서 살아가는 것을 발견한다. 그대로 두고볼 수 없어 영호는 아이들을 집으로 데려온다. 아버지에게 학대를 받아온 명환이도 함께 살게 된다. 각자 사연과 상처가 있는 영호와 아이들은 한집에 살면서 조금씩 마음을 허물고 가족이 되어간다.

그동안 다행히 숙자와 숙희네는 엄마가 돌아왔다. 아빠가 거듭 사죄차 찾은 엄마의 친정에서 엄마가 셋째를 임신한 사실을 알게 된 것이다. 아빠는 술을 끊고 열심히 돈을 벌기로 약속하고 엄마와 함께 돌아왔다. 엄마가 돌아오자 밝아진 숙자와 숙희도 영호의 집을 제집처럼 드나들며 지냈다. 그러나 엄마가 돌아온 지 얼마되지 않아 아빠는 화물선이 들어오는 부두에서 일을 하다 사고를 당한다. 숙자와 숙희 가족은 큰 슬픔에 빠지지만 영호와 아이들이 서로의 아픔을 보듬고 위하면서 끈끈하게 뭉쳐서 살아간다. 이제 이들은 가족이 있기 때문에 비뚤어지지 않고 열심히 공부하고 성실하게 일하면서 서로를 보살핀다.

고양이섬이 있었던 괭이부리말

괭이부리말의 현재 행정명은 인천시 동구 만석동이다. 원래 갯벌이 더 많은 바닷가였다. 지금도 바로 앞에는 만석부두가 있지만 원래 이곳에는 '고양이섬(묘도)'이라는 작은 섬이 있었다. '고양이섬을 낀 앞마을'을 괭이부리말이라고 부르기 시작했는데, 현재 고양이섬은 흔적도 없이 사라지고 이름만 남았다. 먹고살기 바쁜 어른들은 왜 괭이부리말이라 불리게 됐는지에는 관심이 없었다. 아이들만 포구를 뒤덮는 괭이갈매기를 보면서 괭이부리말이란 이름은 괭이갈매기 때문에 생겼을 거야, 라고 생각하곤 했다.

괭이부리말에 사람이 모여들기 시작한 것은 인천항이 강제로 개항했을 때였다. 외국인에게 거주지를 빼앗긴 철거민들이 가까운 괭이부리말로 들어와 갯벌을 메우고 살기 시작했다. 하지만 사람들이 많이 모이기 시작한 건 일제강점기 때 본격적으로 갯벌을 메우면서부터다. 일본인들은 항구가 가까운 만석동 갯벌을 매립하고 밀가루 공장, 옷 공장, 목재 공장을 들였다. 그리고 태평양전쟁을 치르기 위해 조선소를 세웠다. 그러자 가난한 노동자들이 일자리를 찾아 이곳으로 꾸역꾸역 모여들었다.

몇 년 뒤 6·25전쟁이 일어났다. 전쟁 막바지였던 1·4후퇴 때 황해도에서 살던 사람들이 고기 잡던 배를 타고 괭이부리말로 피난을 왔다. 전쟁이 끝나면 돌아가려던 사람들은 바닷가 근처에 천막을 치고 살았다. 그들은 전쟁이 끝난 후에도 돌아가지 못하고 고기잡이를 하거나 부둣가에서 품을 팔며 살았다. 가난한 살림을 꾸리며 굴 껍데기로 터를 다지고, 돈이 벌리는 대로 시멘트도 사고 나무도 사서 조금씩 집을 지었다. 시간이 지나 도시화가 진행되자 괭이부리말에는 한밤중에 괴나리봇짐을 싸고 온 이농민들이 몰려오기 시작했다. 미처 서울에 닿지 못한 그들은 괭이부리말에 둥지를 틀고, 손바닥만 한 빈 땅이 있어도 집을 지었다. 시궁창 위에도 다락집을 짓고, 기찻길 바로 옆에도 집을 지었다. 그렇게 괭이부리말의 골목은 거미줄처럼 가늘게 엉킨 실골목이 되었다.

서로 떠밀려온 곳은 다르지만 가난하고 힘없는 사람들이라는 공통점이 있어 사람들은 형제처럼 지냈다. 하지만 시간이 지나면서 일이 잘 풀린 사람이나 운이 좋은 사람들은 마을을 떠났다. 괭이부리말에 남은 이들은 여전히 가난한 사람들이었다.

소설이 1998년작이니 20년이 훌쩍 넘는 시간이 흘렀다. 이후 괭이부리말에는 도시재생사업이 진행되어 오래된 집들은 고치고 판잣집들은 철거되었다. 절대 아파트 같은 건 생기지 않을 것 같던 이 동네에 임대아파트도 들어섰다. 판잣집들이 헐리면서 외곽에는 상자곽 같은 빌라들이 들어서기 시작했다. 지금은 옛 괭이부리말의 판자촌 대신 빌라와 아파트가 꾸역꾸역 들어선, 타지의 구도심과 비슷한 풍경이 되었다.

사라져가는 괭이부리말

실제로 괭이부리말을 찾아 나선 날, 동인천역에 내려 버스로 몇 정거장을 가서야 어느 동네에 도달했다. 오래된 빌라가 많이 들어선 낯설 것 없는 동네였다. 언덕길을 따라 걷자 아담한 교회가 나왔다. 녹슨 철탑이 건물의 세월을 말해준다. 이 교회 높은 곳에 달린 종은 언제부터 이 동네를 굽어보고 있었을까. 혹시 이곳이 영호가 어렸을 때 다녔던 교회가 아니었을까.

소설 속의 영호는 어린 시절 교회에 열심히 다닌 적이 있었다. 우리 집도 부자가 되게 해달라고, 수학 공부 좀 잘하게 해달라고 빌었다. 기도는 한 번도 이루어지지 않았다. 목사님의 안수기도가 유명해지자 교회에는 다른 동네에서 오는 신자가 많았다. 타지에서 온 사람들은 괭이부리말 사람들과 어울리지 않았다. 괭이부리말 사람들은 점점 주눅이 들었다. 영호도 스르르 교회 다니기를 그만두었다. 물론 어디까지나 소설 속의 이야기지만 어디엔가 영호와 아이들이 있을 것만 같은 익숙한 광경이다.

괭이부리말
아파트
표지석

따닥따닥
붙어선
괭이부리말
전경

아직 연탄을
때고 있는
흔적

교회를 지나니 괭이부리마을보금자리아파트가 나온다. 괭이부리마을이라는 머릿돌에는 오래전 판자촌 모습이 사진으로 남아 있다. 2013년 부실했던 마을을 허물고 철거민들을 입주시킨 아파트. 머릿돌을 마주하고 있으니 조금 머쓱하다. 괭이부리말을 찾은 방문객도 그렇고, 단지에 사는 주민들도 과거 사진을 매일 마주할 거라고 생각하니 어쩐지 불편하다.

아파트에서 조금 내려가니 짧은 주택가가 나온다. 대문 앞에는 살구색 연탄재가 쌓여 있다. 도로도 집들도 정비가 잘 되어 있지만, 켜켜이 집을 덧댄 흔적이 괭이부리말 동네의 모습을 가장 잘 보여주고 있다. 집과 집이 서로 붙어 서로를 기대고 있는 동네. 어떤 이들에게는 삶의 터전일 테고, 또 다른 이들에겐 재개발이 되기를 바라는 동네이면서 나 같이 이곳을 찾은 사람들에겐 사진을 찍는 명소일 것이다. 하지만 바짝 뒤로 쫓아온 높은 아파트들을 보니 언젠가는 여남은 모습도 사라질 동네가 아닐까 싶다. 이곳이 사라져가는 건 다행인 걸까, 아쉬운 일일까.

바로 앞 도로 방음벽에는 '아기 호랑이와 나물 바구니'라는 벽화가 그려져 있다. 마을 어른들의 입으로 전해 내려오는 호랑이 이야기를 토대로 창작동화를 구현해놓은 것이다. 이야기에 따르면 마을의 부녀자들이 나물을 캐러 괭이부리산에 갔다가 호랑이 새끼 세 마리를 발견한다. 이때 갑자기 나타난 어미 호랑이를 보고 부녀자들은 그만 바구니와 수건을 동굴에 놔둔 채 도망쳤다. 다음 날 바구니와 수건이 집 앞에 돌아와 있었는데 알

괭이부리말 마을 조형물

고 보니 어미 호랑이가 새끼 호랑이들을 해치지 않은 것을 고맙게 여겨 돌려주었다는 이야기다. 이 이야기 덕분인지 마을 곳곳에 호랑이 그림과 조형물들이 보였다. 귀엽고 밝은 이 조형물들은 호랑이가 이 마을을 따뜻하게 보살피고 있다는 메시지를 담고 있다.

마을을 내려와 만석부두를 향했다. 아이들이 '똥바다'라고 불렀던 바다를 향해 갔다. 가는 길에 오래된 벽화와 함께 '원괭이마을'이라는 표지판을 발견했다. 워낙 오래되고 갈라지고 벗겨져 황폐한 인상을 주었지만 아주 오래전 이곳이 바다였음을 알려주는 벽화에는 괭이갈매기들과 갯벌에서 조개를 캐는 사람들, 그리고 갯벌에 들어온 나룻배들이 묘사되어 있었다.

조금 더 가보니 과거의 기차역을 재현한 '만석부두 입구역'이 보였다. 이 동네도 제법 정비가 잘 돼서 깨끗해진 모습이다. 언덕에 있던 괭이부리말보다는 더 반듯한 벽조 건물이지만 마찬가지로 오래된 건물들이 나란히 서 있는데, 최근에 그린 듯한 벽화가 알록달록하다. 오래된 만석슈퍼, 옛날 그 집, 화순반점…. 오래된 간판을 보니 한때 이곳에 사람이 북적였을 모습이 그려진다.

골목을 지나 부두로 가는 길에는 엄청난 크기의 시멘트 공장 탑이 줄지어 있다. 워낙 크고 압도적인데 우중충해서인지 같이 간 김 작가가 〈미래소년 코난〉에 나오는 암울한 느낌의 미래도시 같다며 열심히 사진을 찍는다. 시멘트 공장 말고도 부두 부근에는 커다란 기계 공장들이 많이 들어서 있다.

공장 사이를 비집고 겨우 마주한 바다는 바다 같지가 않다. 잔뜩 쌓여 있는 짐들과 맞은편에 있는 공장 사이로 까만 물이 출렁거린다. 왜 똥바다라고 했는지 알겠다. 한때 똥바다는 아이들에게 놀이터였다. 똥바다에서 멱을 감고 갯벌에 나가 민챙이도 잡고 게도 잡았다. 공장에서 흘러나오는 폐수 때문에 허리가 휜 망둥어도 심심치 않게 잡혔다. 갯벌도 없는 지금은 삭막한 바다만 공허했다.

다시 정류장으로 돌아가는 길. 한 집이 인도에 고추를 널어놓았다. 소설 속 괭이부리말은 여름이 끝나갈 무렵이면 동네가 온통 빨간 빛으로 물들었다. 낮은 슬레이트 지붕 위에도, 공장 담 밑에도 인도 위에도 빨간 고추로 넘실거렸다. 공장의 시멘트 블록 사이에 난 구멍에까지 고추를 끼워놓고 숙희와 숙자, 동준이는 고추를 말리는 돗자리 위에서 놀다가 구멍가게 할머니한테 혼쭐이 났다. 하지만 우리가 방문했을 무렵에는 고추를 널어놓은 집을 찾아보기 어려웠다. 그만큼 괭이부리말도 이제는 조금씩 사그라져가고 있다. 이곳에 있던 가난도, 슬픔도 모두 사그라져 갈까. 사라져가는 것들에 대한 복잡한 마음이 피어올랐다.

실제로 공부방을 운영해온 작가 김중미

인천으로 답사를 떠나면서 알게 된 사실이지만 김중미 작가는 늘 사회적인 약자나 소외된 사람들에게 관심을 쏟았다. 약자들을 위한 공부방을 운영하며 평생 사랑을 실천하는 활동가다. 어떻게 그렇게 살 수 있을까?

『괭이부리말 아이들』을 쓴 김중미 작가는 미군기지가 있는 동두천에서 자랐다. 가난한 동네였지만 작가는 그곳에서 사랑을 충분히 받고 책을 즐기며 자랐다. 특히 약자에 대한 감수성이 남달랐다. 열여덟 살에 『난쏘공』을 읽으며 자기도, 엄마아빠도 난장이라는 사실을 깨달았다.

그녀의 첫 직장은 병원 원무과였다. 구로동과 신길동 사이, 여직공이 많은 동네였다. 병원에서 내내 어리고 가난한 노동자들을 많이 보았다. 위독한 사람들이 매일같이 실려 왔지만 어떤 언론도 이를 다루지 않았다. 이를 계기로 그녀는 돈을 버는 대신 사회 활동가가 되기로 결심한다. 그녀는 스물네 살이 되던 해에 인천 만석동에 공부방 '기찻길옆작은학교'를 만들었다.

그로부터 10년이 지난 어느 날 조세희 작가가 만석동을 찾았다. 『난쏘공』의 배경이 된 곳 중 한곳을 다시 들른 길이었다. 다른 동네들은 쇠락해가는데 만석동만큼은 아이들 소리로 활기가 넘쳤다. 공부방에 있던 김중미 작가는 조세희 작가에게 "고등학교 때 선생님 소설을 읽고 빈민운동을 하게 됐습니다."라고 말했다. 조세희 작가는 "제가 몹쓸 짓을 했네요"라고 답했다.

김중미 작가는 만석동에서 공부방을 운영한 지 12년 만에 『괭이부리말 아이들』을 썼다. 태어나서 처음 쓴 이 소설로 그는 창비 '좋은어린이책원고공모'에서 대상을 받았다. 그리고 이래로 쭈욱 소외된 이들을 조명하는 소설을 써왔다.

사실 처음 『괭이부리말 아이들』을 읽었을 때는 조금 작위적이라고 생각했다. 아이들은 하나같이 너무 힘들고 편부모 가정에서 학대를 당하거나 비극적인 환경에 처해 있었다. 게다가 이런 아이들이 주변 사람들의 도움으로 동화처럼 화목해진다. 상황이 다소 과장되면서 억지스럽게 해피엔드로 마무리되는 게 아닌가 싶은 생각이 들었다. 하지만 작가 자신이 실제로 오랫동안 괭이부리말 아이들과 함께 해왔다는 걸 알고 나자 결코 소설 속의 일만이 아니라는 생각이 들었다. 그녀가 오랫동안 보고 겪은 이들의 이야기였다. 해피엔드에 대해서도 김중미 작가는 공부방에서 서로가 서로를 보듬는 과정을 통해 사람들이 희망을 피우며 살아나갈 수 있었다고 말한다.

그녀의 최근 인터뷰에서 이런 구절이 눈에 띄었다.

"저희 공부방이 있는 곳이 재개발에서 밀려난 구도심이에요.

나이 든 원주민들이 돌아가시거나 떠나면서 공동화되자 구와
시에서 마을공동체 복원 같은 이유를 대면서 다른 도시처럼 구
도심을 관광 자원화하고 싶어 했어요."

— "가난을 상품화하는 발상이 가난에 대한 무지에서 왔다고
보신 건가요?"

"그렇죠."

만석동을 갔을 때 마음 한 켠이 불편했던 이유가 이것 때문이
었을까. 이 작품을 읽으면서 그저 가난이 하나의 이야기가 되고
안쓰러움이 되고, 또 그 소설의 무대가 관광지의 대상이 되었던
것은 아닌가 생각해본다. 그녀의 소설이 주는 울림은 사회적 약
자에 대한 우리의 감수성을 일깨우고 사고의 폭을 넓힌다.『난쏘
공』이『괭이부리말 아이들』을 낳았듯이 말이다.

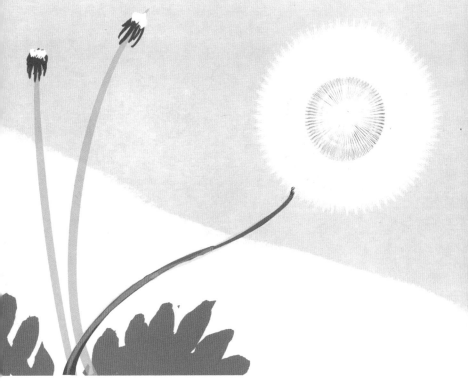

『괭이부리말 아이들』 ─ by 김중미 **211**

나의 별

『개밥바라기별』
---
by 황석영

❖ **작품 소개** ❖

새벽에 보이는 금성을 우리는 샛별이라 부르고 저녁 무렵 보이는 금성을 우리는 개밥바라기별이라 부른다. 반짝반짝 밤하늘에 보이는 샛별이 되기 전 어슴프레하게 보이는 별처럼 개밥바라기별은 청소년기의 방황과 좌절을 통해 어른으로 성장해나가는 과정을 보여준다. 총 13장으로 구성되어 있으며 유준의 시점과 여섯 친구의 시점이 교차하는 방식으로 사춘기부터 스물한 살 무렵까지의 에피소드를 담아내고 있다. 1960년대는 그야말로 격변의 시기였다. 4·19 혁명 때 친구가 총에 맞아 죽는 모습을 눈앞에서 목도하기도 하고, 학교를 자퇴해 오징어잡이나 막노동 일을 하거나 이후 출가를 결심하기도 하지만 뜻대로 되지 않자 자살을 시도하는 유준의 모습을 통해 작가는 현실과 이상 사이에서 고민하는 당대 청춘을 사실적으로 그려내고 있다. 작품은 황석영 작가의 자전적인 이야기로 그 시대 수많은 유준의 삶을 녹여냈다.

금성의 또 다른 이름

금성은 저녁에 보이는 별이냐 새벽에 보이는 별이냐에 따라 명칭이 다르다. 새벽에 보이는 금성을 우리는 샛별이라 부르고 저녁에 보이는 별을 개밥바라기별이라고 부른다. 개밥바라기는 해질 무렵 강아지가 저녁밥을 바랄 무렵 서쪽 하늘에 잘 보인다고 해서 생긴 이름이다. 개밥을 챙겨주던 주인이 허리를 펴고 서쪽 하늘을 바라볼 때 보이는 별이 바로 개밥바라기별이다.

『개밥바라기별』은 황석영 작가가 2008년에 네이버 블로그에 연재했던 작품이다. 연재가 끝난 후에 책으로 출간되었다. '유준'이라는 주인공의 중학생 시절부터 월남전 파병을 앞둔 20대 초반까지를 다루고 있다.

황석영 작가 역시 해병대 소속으로 월남전에 파병을 갔던 것처럼 작품은 작가의 자전적인 사실들을 바탕으로 젊은 시절의 방황을 담아냈다. 1960년대는 그야말로 격변의 시기였다. 4·19혁명 때 친구가 총에 맞아 죽는 모습을 눈앞에서 목도하기도 하고, 학교를 자퇴해 오징어잡이나 막노동 일을 하다가 출가를 결심하기도 하지만 뜻대로 되지 않자 자살을 시도하는 유준의 모습을 통해 작가는 현실과 이상 사이에서 고민하는 당대 청춘을 사실적으로 그려내었다.

소설은 월남전 파병을 앞두고 휴가를 받아 집으로 가기 위해 서울행 특급열차에 무임승차하는 것으로 시작한다. 한강다리를 건너서 고개를 넘으면 나오는 시장에 유준의 가족이 살고 있다. 아직 강남이 개발되기 전이었으니 아무래도 영등포쯤이 아니었을까 짐작해본다.

경성역과 서울역

지하철 1호선 서울역에서 내려서 1번 출구로 나오면 바로 서울역으로 올라가는 에스컬레이터가 있다. 에스컬레이터가 끝나는 곳 오른쪽엔 백화점이 있고 왼쪽에는 2004년에 지어진 서울역이 있다. 이전 서울역보다 규모가 커지고 에스컬레이터가 설치되면서 훨씬 편리해졌다. 정면에는 거대한 채광창이 있어서 자연광도 충분히 느낄 수 있다. 대부분의 서울 시민에게는 이 서울역이 훨씬 익숙할 것이다. 하지만 오래되고 낡은 것을 좋아하는 나는 이전의 서울역에 조금 더 애착을 갖고 있다. 새로운 서울역이 지어진 이후 이전의 서울역은 사실상 방치되었다. 그러다가 역사적 가치를 지닌 문화재로 보존해야 한다는 목소리가 높아지면서 복원을 하게 되었고 2012년에 지금의 '문화서울역 284'로 거듭나게 된다. 284는 서울역의 사적번호를 뜻한다. 새로운 서울역을 가려면 1번 출구로 가야 하지만 문화서울역284로 가려면 2번 출구로 나가야 한다. 2번 출구로 나오면 넓은 광장이 나오는데 그야말로 노숙자들과 비둘기들의 천국이다. 건너편에는 드라마〈미생〉의 무대가 된 서울스퀘어빌딩이 보인다. 예전에는 대우그룹 본사가 있던 곳이다.

원래 서울역은 지금의 서대문역 옆에 있는 강북삼성병원 사거리 근처에 있었다. 서울과 인천을 잇는 경인선의 종착점이다. 서울 한복판에서 한참 떨어져 있는 곳에 왜 서울역이 있었을까? 당시 경인선이 개통된 1900년 대한제국 시대에 중심지는 지금의 덕수궁인 경운궁이었기 때문이다. 서울역이 지금의 위치로 바뀐 것은 1905년 경부선 개통과 깊은 연관이 있다. 러일전쟁에서 승리한 일본이 용산에 주둔 중인 일본군과 연락하기 위해 지금의 문화서울역284인 남대문역으로 철도 중심지를 옮긴 것이다.

1923년 남대문역에서 서울역으로 이름이 바뀌었고 1925년 지금의 문화서울역284가 지어졌다. 원래 있었던 서울역은 3·1 만세운동이 한창이던 1919년 3월 말에 문을 닫는다. 서대문역이 서울역이라는 이름을 빼앗기고 사라진 것과 서울역이 경성역이 되어 웅장한 건물을 갖게 된 것 모두 일제강점기와 관련이 깊다. 소주를 마시며 대구에서 서울로 올라온 『개밥바라기별』의 유준도 그 시절 경성역이었던 문화서울역284와 만났을 것이다.

새벽에 경성역에 도착한 그를 맞이한 것은 쌀쌀한 서울의 새벽 공기, 그리고 지방에서 올라온 어수룩한 사람을 등치기 위해 어슬렁거리는 사기꾼들이었다. 1925년에 지어진 이후 경성역은 조선총독부와 더불어 일본의 지배를 확실하게 보여주는 상징물이 되었다. 그 시기 『별건곤』 잡지를 보면 지방에서 올라오면 반드시 구경해야 할 곳으로 경성역을 꼽았다. 그도 그럴 것이 지금 봐도 그 규모가 어마어마하기 때문이다. 소설 속에서 유준은 서울역에 도착한 새벽녘의 풍경을 다음과 같이 말했다.

"나는 역전광장의 푸르스름한 가로등 밑에서 어디로 갈지 모르는 여행자처럼 잠시 서 있었다."

유준과 그 시대를 살아가던 사람들의 삶에 명확한 이정표가 없다는 것을 상징적으로 보여주는 장면이다.

네오르네상스 양식으로 지어진 경성역은 붉은 벽돌과 콘크리트 철근으로 이루어져 있다. 정면에서 보면 두 개의 기둥 사이에 반원형으로 된 채광창이 있고 그 뒤로 돔이 우뚝 솟아 있다. 양옆

문화서울역284 전경

으로도 건물이 확장되어 있는데 1920년대라는 점을 감안하더라도 굉장히 화려하고 웅장해 보인다. 두 개의 기둥이 떠받들고 있는 정문으로 들어가면 한없이 넓은 공간이 나온다. 당시 대합실역할을 했던 곳인데 이곳에 서면 자연스럽게 뒤를 돌아보게 된다. 정문 위쪽에 있는 반원형 채광창을 통해 흘러들어오는 빛 때문이다. 조명을 절약하면서 안과 밖을 연결시켜주는 데 빛만큼 좋은 것은 없다. 그래서인지 경성역의 창문들 역시 하나같이 길쭉하다. 위에서 쏟아지는 빛을 최대한 많이 흡수하기 위해서다. 현재는 문화공간으로 사용 중이지만 당시 매표소를 비롯해 구조물들을 최대한 그대로 보존하고 있다. 경성역 시절 이용되었던 건축 자재들과 복원 과정에서 발견된 각종 유물들도 잘 보존되어 있다. 샹들리에뿐만 아니라 승강장에는 한국전쟁 때 생긴 탄흔도 그대로 볼 수 있다. 일제강점기 시절의 대표 잡지였던 『별건곤』에는 이곳의 내부구조가 자세히 기재되어 있다. 1층은 대합실과 역무실이 있었고 2층은 VIP 대기실과 '그릴'이라 불렸던 양식당, 그리고 '티룸'이라는 카페가 있었다. 그릴 양식당은 소설가 이상이 돈이 없어서 못 가는 것을 한탄할 정도로 경성의 모던보이들에게 사랑을 받던 곳이었다. 광복 후에도 경성역은 서울역으로 이름만 바뀌었을 뿐 1988년까지 그대로 운영되었다. 심지어 그릴 양식당조차 영업을 계속했다. 하지만 군인이었던 유준은 이곳에 들르지는 못했을 것이다. 그는 이곳을 바로 빠져나와 광장을 지나 정류장에서 버스를 타고 어머니가 있는 언덕 너머 시장으로 향했다.

시장에 있는 집으로 돌아온 유준은 다락방에서 잠시 쉬었다가 친구들을 보기 위해 집을 나선다. 광화문 뒷골목에 있는 무슨 산이라는 이름이 붙은 찻집에서 민우와 정수, 상진을 만난다. 민우는 대학원생, 정수는 아동물 전집에 들어가는 그림을 그리는 일을 했고 상진이는 극단 일을 그만두고 군대 갈 준비를 하고 있었다.

유준과 친구들이 만난 광화문 뒷골목의 찻집은 어디쯤 있었을까. 1960년대 중반의 광화문 위치는 지금의 자리가 아니다. 일본이 경복궁 앞에 조선총독부를 새로 지으면서 광화문이 허물어질 위기에 처하자 조선인들이 반발하고 나서면서 동문인 건춘문 북쪽으로 옮겨진 것이다. 당시 광화문 뒷골목이라면 아마 삼청동 일대가 아니었을까 싶다.

서로 안부를 묻고 시간을 가진 뒤 이동한 곳은 창신동 골목 안쪽의 소줏집이었다. 삼청동에서 약 1킬로미터쯤 떨어져 있다. 친구들과 오랜만에 시간을 보낸 유준은 조심스레 방울이의 연락처를 확인한다. 본명은 미아였지만 맑고 또랑또랑한 목소리를 지녔다고 방울이라는 별명이 붙었다. 전화를 받은 방울이와 만날 약속을 하지만 끝내 만나지는 못한다. 하필 눈이 오는 바람에 30분이나 늦었고 간신히 눈길을 뚫고 도착했을 땐 그녀의 모습이 보이지 않았다. 방울이를 다신 보지 못할 것 같은 예감을 뒤로한 채 유준은 군용열차에 올라 서울을 떠난다.

소설은 유준의 친구들 시점으로 옮겨간다. 한 명씩 돌아가며 서로 실타래처럼 엉킨 이야기들이 전개된다. 유준은 4·19혁명 때 친구가 총에 맞아 죽는 모습을 목격했고 인호는 자신을 괴롭힌 동급생을 쇠파이프로 내리쳐서 퇴학을 당했다.

유준은 인호와 함께 무전여행을 떠나기로 하고 용산역 호남선 야간 완행열차에 몸을 싣는다. 이들은 철조망을 통과해 철로를 가로질러 승강장으로 들어가 무임승차한다. 시치미를 떼고 먼저 자리를 잡고 앉아 인심 좋게 다른 사람들까지 옆자리에 앉히는 호의를 보이기도 한다. 가는 도중 검표를 피해 조치원에서 내린 그들은 말 그대로 세상 구경을 떠난다. 지금 같으면 상상도 못할 여행이다. 유준과 인호가 출발한 용산역은 서울역과 더불어 우리나라 근대철도사에서 빼놓을 수 없는 곳이다.

용산의 일본인들

원래 용산은 한강이 범람하면 잠기는 곳이어서 조선시대 내내 사람이 거의 살지 않았다. 하지만 일본이 조선 땅에 발을 들여놓으면서 상황이 바뀐다. 한성 바로 남쪽에 있는 넓은 평야지대인 데다 한강이 흐르고 있어서 인천으로의 이동이 쉽다는 장점이 있었기 때문이다.

러일전쟁에서 승리한 일본은 용산 일대의 땅을 강제로 빼앗아 군대주둔지로 삼고 부산에서 출발하는 경부선과 연결시킨다. 일본에서 가까운 부산을 통해 대량의 물자와 강제 징용된 노동자들을 철도를 이용해 옮길 목적이었다. 그렇게 군대가 주둔하고 철도가 연결되자 자연스럽게 일본인들이 모여 살기 시작했다. 지금의 용산역사박물관인 철도병원도 이때 용산에 들어선다.

경성역이 네오르네상스 양식으로 화려하게 지어진 것과 달리 1900년에 지어진 용산역은 북유럽 방식의 목조로 지어졌다.

용산 일대에 남아 있는 일본식 주택

두 개의 건물이 쌍둥이처럼 마주보고 있고 지붕과 처마에는 알 수 없는 무늬가 조각되어 있다. 용산이 개발되었다고는 해도 경성에 비하면 확장성이 떨어졌고 군대 주둔지라 거창하게 지을 필요성을 느끼지 못한 것 같다. 그마저도 목조로 지은 탓에 한국전쟁의 불길을 피하지 못하고 소실되어 우리 기억에서도 사라진다.

한국전쟁이 끝난 후에 용산역은 단층역사로 다시 운영되지만 서울역의 위세에 밀려 위상은 더욱 낮아졌다. 주로 화물이나 우편을 취급했기 때문에 1층으로 지어졌는데 앞에 넓은 광장을 끼고 있어 역사는 더욱 작아 보였다. 1978년 2층으로 증축되지만 여전히 초라함을 벗어나지 못하다가 2천 년대 초반에 고속열차인 KTX의 도입과 함께 엄청난 확장세를 보인다. 고속열차의 도

입으로 민자 역사가 다시 들어선 것이다. 백화점과 할인점, 극장 등이 들어서면서 용산역은 엄청나게 거대해졌다.

지금은 용산역 에스컬레이터를 타고 내려오면 거대한 빌딩숲이다. 유준과 인호가 무전여행을 시작했을 당시의 풍경은 하나도 남아 있지 않다. 그래서 용산역을 보면 아쉬운 마음이 크다. 과거의 기억이 송두리째 사라져버린 듯해서다. 유준은 인호와 무전여행을 마치고 돌아온 이후에도 여전히 방황을 멈추지 못한다. 이곳저곳을 떠돌면서 인연을 만들고 헤어지고를 반복한다. 이런 그의 모습을 보고 많은 평론가들이 어른으로 성장하는 과정을 그렸다고 하지만 나는 동의하지 않는다. 4·19혁명 때 친구를 잃고 학교를 중간에 그만둔 주인공이 대체 어떤 성장을 할 수 있단 말인가? 성장은 나이를 먹는다고 할 수 있는 게 아니다. 세상을 받아들일 준비가 되어 있고 그 세상을 두려워하지 않을 때 비로소 성장이 이루어진다. 유준이 어른이 된 것은 세상을 경험해서 그런게 아니라 세상을 받아들일 준비가 되었기 때문이다. 여행은 누군가를 만나기도 하지만 나와 만나기도 한다. 유준은 세상을 떠돌면서 인연을 이어가면서 자신을 튼튼히 돌아볼 수 있는 시선을 길렀다. 유준의 여정을 보면서 나는 별을 떠올린다. 무심코 바라본 서쪽 하늘에 뜬 개밥바라기별을 말이다.

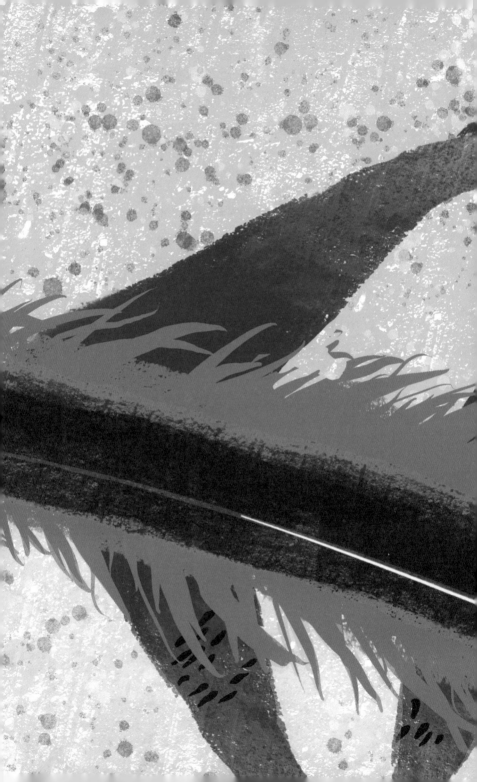

우리는 소설 속으로 떠납니다

여행이라고 하면 보통 '어디'를 갈지부터 정합니다. 해외로 간다면 비행기표부터 검색해보거나, 적어도 기차로 떠날 수 있는 국내 여행지를 떠올립니다. 목적지를 정하는 거죠. 그런데 우리의 이번 목적지는 소설 속이었습니다. 그것도 수도권에 있는 곳으로 지하철이나 버스를 타고 갈 수 있는 가까운 곳이었죠. 평소에 무심코 지나다니는 곳도 많았습니다. 하지만 이번에는 이야기가 우리를 그곳으로 안내했습니다. '여기가 완서가 살던 집이었겠구나.' '수남이는 어느 가게에서 일했을까?' '영수가 일하던 공장은 이 근처가 아니었을까?' 추론하며 살펴본 동네는 평소와는 많이 달랐습니다. 훨씬 애틋하고, 친근한 장소였죠.

우연히도 해마다 벚꽃이 필 무렵에는 작가님들을 만나 서울을 답사하곤 했습니다. 이번에도 벚꽃이 필 무렵 시작한 여정은 1년간 모든 계절을 한 번씩 돌며 이어졌습니다. 꽃이 만개했던 봄과 단풍이 짙었던 가을의 예쁜 순간들이 필름처럼 지나갑니다. 이야기꾼 정명섭 작가님은 작품의 시대적인 배경과 뒷얘기를 끊임없이 들려주셨고, 그림꾼 김효찬 작가님은 우리가 채 알아차리지 못한 많은 아름다운 장면을 포착했습니다. 저는 귀가 네 개가 되고, 눈이 네 개가 된 듯하여 모든 순간을 마음으로 담았습니다.

가장 아쉬웠던 점은, 어느 곳은 상상도 할 수 없을 만큼 천지가 개벽했다는 점이었습니다. 특히 첫 답사지였던 『그 많던 싱아는 누가 다 먹었을까』의 현저동은 소설 속에서는 분명 산동네 판자촌이었는데, 지금은 화려한 아파트촌이 되어 뜨악했습니다. 심지어 언덕마저도 싹 밀어버렸으니까요. 「서울, 1964 겨울」의 배경인 신촌도 마찬가지입니다. 이제는 선술집, 그러니까 포장마차도 쉽게 찾을 수 없었죠. 아마 10년쯤 지나면 포장마차를 한 번도 보지 못한 세대가 나올 것 같습니다. 이렇게 사라져가는 것들이 아쉬울 때면 작은 흔적이라도 남도록 사진으로 더 열렬히 담았습니다.

반면 『나목』에서 미군 PX로 운영되었던 현재의 신세계백화점 본점이나 「중국인 거리」의 차이나타운, 「자전거 도둑」의 세운상 가처럼 여전히 그 형태가 남아 있는 곳도 있어 반갑습니다. 마치 주인공이 어디에선가 바로 튀어나올 것 같은데요. 소설에 묘사된 흔적을 쫓아 시간과 장소, 배경의 퍼즐을 맞춰보는 일은 무척이나 즐겁습니다.

원고에는 차마 담지 못했지만 가는 곳마다 동네 고유의 식도락을 즐긴 것도 여행의 큰 즐거움이었습니다. 시장 골목과 정겨운 동네 맛집은 우리의 땀을 식혀주고, 종일 걸은 다리를 달래주었습니다. 특히 차이나타운, 성요셉아파트가 있는 중림동, 세운상가 등은 가깝지만 이색적이고 볼거리가 풍성합니다. 아직 가보지 않았다면 가족들과 함께 가볼 것을 추천드립니다. 물론 일부 동네는 소설 속의 가난하고 고단한 삶을 자칫 구경거리로 만들 수 있으니 배려가 필요할 겁니다.

이 여행을 다니며 문학의 역할에 대해 생각했습니다. 어떤 작가는 투철한 사명감으로 잊혀서는 안 될 이야기라 생각하여 생업도 포기하고 이를 기록하고자 했습니다. 어떤 작가는 자전적 소설을 통해 시대를 초월하는 삶의 고단함과 또 희망에 대해 나누고자 했습니다. 또 소설 속의 다양한 인간군상을 보며 많은 사람을 만나고, 나는 어떻게 살고 싶은지 돌아보게 합니다. 굳이 문밖을 나서지 않아도 문학 그 자체가 여행인 것입니다.

소설 속으로 떠난 이 여행은 저를 울렸다가 웃겼다가 행복하게 했습니다. 이 책을 읽는 분들이 꼭 한번, 하나의 장소라도 책을 읽고 떠나보셨으면 좋겠습니다. 시간을 뛰어넘어 소설 속 인물을 만나러 말입니다.

그 소설은 정말 거기 있었을까

초판 1쇄 발행 2023년 4월 10일

지은이 정명섭, 이가희, 김효찬 지음

기획·편집 도은주, 류정화
마케팅 박관홍
외주 편집 박미정

펴낸이 윤주용
펴낸곳 초록비책공방

출판등록 2013년 4월 25일 제2013-000130
주소 서울시 마포구 월드컵북로 402 KGIT 센터 921A호
전화 0505-566-5522 팩스 02-6008-1777

메일 greenrainbooks@naver.com
인스타 @greenrainbooks
블로그 http://blog.naver.com/greenrainbooks
페이스북 http://www.facebook.com/greenrainbook

ISBN 979-11-91266-78-8 (03810)

어려운 것은 쉽게 쉬운 것은 깊게 깊은 것은 유쾌하게

초록비책공방은 여러분의 소중한 의견을 기다리고 있습니다.
원고 투고, 오탈자 제보, 제휴 제안은 greenrainbooks@naver.com으로 보내주세요.